Charlotte

R. J. Palacio

CHARLOTTE

Una història Wonder

Traducció d'Imma Falcó

La Campana

Títol original: *Shingaling*

1a edició: febrer del 2016

Avenir, 49, baixos, 08021 Barcelona
Tel.: 93 453 16 65
www.lacampanaeditorial.com
info@lacampanaeditorial.com

Disseny de la coberta: Tad Carpenter, 2015
Adaptació del disseny de la coberta: Zink comunicació

ISBN: 978-84-16457-21-2
Dipòsit legal: B. 4.032-2016
Fotocomposició: EdiGestió (Barcelona)
Imprès a Romanyà/Valls. Capellades (Barcelona)

Però cada primavera
es torna jove un altre cop,
i les fades canten.

Flower Fairies of the Spring, 1923

Nobody can do the shingaling like I do.
(Ningú balla el shingaling tan bé com jo.)

The Isley Brothers, «Nobody but Me»

Com anava a escola

Cada dia anant a escola solia veure a Main Street un senyor gran que era cec i tocava l'acordió. Estava assegut en un tamboret sota el tendal de l'A&P Supermarket de la cantonada amb Moore Avenue, amb la gossa pigall estirada davant seu, en una manta. L'animal portava un mocador vermell lligat al coll. Era una labrador negra. Ho sé perquè la meva germana Beatrix l'hi va preguntar un dia.

–Perdoni, senyor, ¿quina raça de gos és?

–La Joni és una labrador negra, senyoreta –li va respondre ell.

–És moníssima. ¿La puc acariciar?

–Val més que no. És que està treballant.

–D'acord, gràcies. Que tingui un bon dia.

–Adéu, senyoreta.

La meva germana li va fer adéu amb la mà. Ell no ho podia saber de cap manera, esclar, i per tant no li va tornar la salutació.

Aleshores la Beatrix tenia vuit anys. Ho sé perquè era el meu primer any a la Beecher, i per tant encara era a infantil.

Jo no hi vaig parlar mai, amb l'home de l'acordió. Em fa ràbia haver-ho de reconèixer, però en aquella època em feia com por. Sempre tenia els ulls molt oberts, i com vidriosos i tèrbols. Eren de color crema i semblaven dues bales de color beix. M'espantava. Fins i tot em feia una mica de por la gossa, i mira que m'agraden els gossos. Si en tinc un i tot! El cas és que aquella gossa tenia el morro gris i els ulls com pastosos, també, i em feia por. Tot i així –i que consti en acta–, encara que tant l'home de l'acordió com la seva gossa em feien por, sempre deixava un bitllet d'un dòlar a dins de l'estoig de l'acordió, davant d'ells. I, no sé com, per més silenciosament que ho fes, tot i que ell estava tocant l'acordió, sempre sentia el «fuf» que feia el bitllet d'un dòlar quan queia a dins de l'estoig.

–Que Déu beneeixi Amèrica! –deia a l'aire, assentint cap a on era jo.

Jo sempre em quedava admirada. ¿Com podia haver-ho sentit? ¿Com sabia en quina direcció havia de fer el gest?

La mare em va explicar que als cecs se'ls aguditzen molt els altres sentits per compensar el sentit que els falta. I com que era cec, tenia superbona oïda.

Això, esclar, em va portar a preguntar-me si devia tenir algun superpoder més. Com per exemple si a l'hivern, quan feia un fred que pelava, els seus dits tenien alguna manera màgica de mantenir-se calents mentre premien les tecles. ¿I com s'ho feia la resta del seu cos per mantenir l'escalfor? Aquells dies glacials que a mi em començaven a petar les dents només de caminar quatre travessies en contra del vent polar, ¿com s'ho feia per mantenir l'escalfor i tocar l'acordió? Alguna vegada m'havia fixat que se li havien format petits reguerols de gel en algun tros del bigoti i de la barba, o que s'ajupia per assegurar-se que la gossa estava ben tapada amb la manta. O sigui que em constava que sentia el fred, però ¿com podia continuar tocant? Si allò no eren superpoders, ja em direu què és.

A l'hivern sempre li demanava dos dòlars a la mare en lloc d'un per deixa'ls-hi a dins de l'estoig.

Fuf. Fuf.

–Que Déu beneeixi Amèrica.

Tocava sempre les mateixes vuit o deu cançons. Excepte per Nadal, que tocava «Rudolf the Red-Nosed Reindeer» o «Hark! The Herald Angels Sing». Però si no, sempre eren les mateixes cançons. La meva mare se sabia el nom d'unes quantes. «Delilah», «Lara's Theme», «Those Were the Days». Em vaig baixar tots els títols que ella deia i sí, tenia raó, eren aquestes cançons. «Those Were the Days», de fet, es va convertir en una de les meves cançons favorites. ¿Però per què tocava sempre les mateixes? ¿Eren les úniques que sabia tocar, o les úniques que recordava? ¿O se'n sabia moltes més però havia decidit tocar només aquelles?

I com més preguntes em feia, més me'n venien: ¿quan havia après a tocar l'acordió? ¿De petit? ¿Aleshores hi veia? Si no hi veia, ¿com podia llegir la partitura? ¿On va passar la infantesa? ¿On vivia quan no era a la cantonada de Main Street i Moore Avenue? Alguna vegada el veia caminant pel carrer amb la gossa, agafant amb la mà dreta l'arnès de l'animal i brandant el bastó amb l'esquerra. Anaven tan a poc a poc! No semblava que poguessin arribar gaire lluny. ¿Però on anaven?

Si no fos que em feia por, li hauria fet un munt de preguntes. Però no les hi vaig fer mai. Només li donava bitllets d'un dòlar.

Fuf.

–Que Déu beneeixi Amèrica.

Sempre igual.

Més endavant, quan em vaig fer gran i vaig deixar de tenir-li por, totes aquelles preguntes van deixar de semblar-me tan importants. Suposo que em vaig acostumar a la seva presència i que vaig deixar de pensar en els seus ulls nebulosos o en si tenia superpoders. Això no vol dir que deixés de donar-li el bitllet d'un dòlar quan passava, això no. Però ara era més aviat un hàbit, com ficar la targeta del metro perquè s'obri el torniquet.

Fuf.

–Que Déu beneeixi Amèrica.

Quan vaig començar cinquè el vaig deixar de veure, perquè ja no passava per allà per anar a escola. L'edifici de secundària de la Beecher és unes quantes travessies més a prop de casa meva que el de primària, així que ara vaig caminant a escola amb la Beatrix i la meva germana més gran, l'Aimee, i torno d'escola amb la meva millor amiga, l'Ellie, i amb l'Abril i la Lina, que viuen a prop meu. De tant en tant, a principi de curs, a l'hora de plegar anàvem a comprar alguna cosa per picar a l'A&P abans de tirar cap a casa, i llavors sí que veia l'home de l'acordió, li donava un dòlar i sentia com beneïa Amèrica. Però des que havia arribat el fred que ho fèiem només molt de tant en tant, i per això fins que no feia uns quants dies que havien començat les vacances de Nadal i una tarda vaig anar amb la mare a l'A&P, no em vaig adonar que el cec que tocava l'acordió a Main Street ja no hi era.

Havia desaparegut.

Com vaig passar les vacances de Nadal

Els que em coneixen diuen que sóc molt dramàtica. No sé per què ho deuen dir, perquè no ho sóc gens, de dramàtica. Gens. Però quan vaig saber que l'home de l'acordió no hi era, no sé per què, se me'n va anar la bola. De debò que no sé per què, però no podia deixar de pensar en què li devia haver passat. Era com si fos un misteri i l'hagués de resoldre! ¿Què li havia passat al cec que tocava l'acordió a Main Street?

Aparentment no ho sabia ningú. La mare i jo vam preguntar a les caixeres del supermercat, a la senyora de la bugaderia i a l'home de l'òptica de l'altra banda del carrer, però no en sabien res. Fins i tot vam preguntar al policia que posa les multes d'aparcament d'aquella illa de cases. Tothom sabia qui era, però ningú sabia què se n'havia fet. Simplement, un dia, puf!, no hi era. El policia em va dir que els dies que fa molt de fred s'enduen els sense sostre als albergs de l'ajuntament perquè no morin congelats. Ell creia que segurament era el que havia passat amb l'home de l'acordió. Però la senyora de la tintoreria deia que sabia del cert que l'home de l'acordió no era un sense sostre. Ella creia que devia viure per Riverdale, perquè als matins el veia baixar del bus Bx3 amb la gossa. I l'home de l'òptica deia que li constava que havia sigut un músic de jazz famós i que en realitat tenia molts quartos, així que no calia que patís per ell.

Segurament deveu estar pensant que totes aquestes respostes em van tranquil·litzar, ¿oi? Doncs no! Només van fer que em plantegés un munt de preguntes més que van despertar encara més la meva curiositat! Per exemple, ¿se n'havia anat a passar l'hivern a algun alberg per persones sense sostre? ¿Estava vivint en aquella casa tan preciosa que tenia a Riverdale? ¿Era veritat que havia sigut un músic de jazz famós? ¿Era ric? Si ho era, ¿per què tocava per diners?

Per cert, la meva família ja n'estava fins al capdamunt de sentir-me parlar d'això.

La Beatrix deia:

–Charlotte, si tornes a parlar d'això una vegada més, et vomitaré a sobre!

I l'Aimee:

–Charlotte, ¿vols fer el favor de deixar-ho estar ja d'una vegada?

Va ser la mare qui em va suggerir que una bona manera de «canalitzar» tota aquella energia podia ser impulsar una campanya de recollida de roba d'abric usada entre el veïnat per la gent que no tenia on viure. Vam penjar cartells demanant a la gent que fes donació de la seva «roba d'abric usada però en bon estat» deixant-la en una bossa de plàstic a dins d'un contenidor gegant que havíem posat davant de casa nostra. Llavors, quan vam tenir unes deu bosses d'escombraries gegants plenes d'abrics, els pares i jo vam anar amb cotxe a la Bowery Mission, al centre, per fer donació dels abrics. Haig de reconèixer que em vaig sentir molt bé de donar tots aquells abrics a gent que realment els necessitava! Vaig estar mirant per veure si hi havia l'home de l'acordió, però no hi era. De tota manera, sabia que tenia un bon abric: una parca Canada Goose taronja que, segons la meva mare, feia tenir esperances que els rumors que era ric fossin certs.

–No se'n veuen gaires, de sense sostre amb jaquetes Canada Goose –deia.

Quan vaig tornar a escola després de les vacances de Nadal, el senyor Culet, el director de secundària, em va felicitar per haver impulsat una campanya de recollida de roba d'abric. No sé com li havia arribat la notícia, però l'hi havia arribat. Està generalment acceptat per tothom que el senyor Culet té alguna mena de dron de vigilància prenent nota de tot el que passa a la Beecher: si no, no s'entén com sap tot el que sembla que sap.

–Això sí que és una bona manera de passar les vacances de Nadal, Charlotte –em va dir.

–Ah, gràcies, senyor Culet!

M'encanta el senyor Culet. Sempre és amable. El que més m'agrada d'ell és que és d'aquells profes que no et parlen com si fossis un nen petit. Sempre fa servir paraules complicades, com si donés per suposat que les saps i les entens, i mai no mira cap a una altra banda, quan tu li parles. També m'agrada que porti elàstics i corbata de llaç i vambes vermelles.

–¿Tu creus que em podries ajudar a organitzar una campanya de recollida de roba d'abric aquí a l'escola? –em va preguntar–. Ara que n'ets una experta, m'agradaria molt comptar amb la teva aportació.

–Oi tant! –vaig respondre.

I així és com vaig acabar apuntant-me a la primera

campanya anual de recollida de roba d'abric de l'escola Beecher.

El cas és que, entre la campanya i el drama que hi havia a l'escola quan vaig tornar de les vacances de Nadal (aviat ampliarem la informació sobre aquesta qüestió), no vaig tenir temps de resoldre el misteri de què se n'havia fet, del cec que tocava l'acordió a Main Street. L'Ellie no semblava gens interessada a ajudar-me a resoldre'l. I això que pocs mesos abans aquesta mena de coses li interessaven moltíssim. I, pel que semblava, ni l'Abril ni la Lina se'n recordaven gens, tampoc. De fet, no semblava que li importés gaire a ningú, què li havia passat, així que al final vaig acabar deixant córrer el tema.

Però de tant en tant encara hi pensava, en l'home de l'acordió. De tant en tant em venia al cap alguna de les cançons que solia tocar i em passava el dia taral·lejant-la.

Com va començar la guerra dels nois

Quan vam tornar a l'escola després de les vacances de Nadal, la gent només parlava d'una cosa, de «la guerra», també coneguda com «la guerra dels nois». La cosa ja venia d'abans de les vacances de Nadal. Uns quants dies abans que comencessin, van expulsar el Jack Will perquè li havia clavat un cop de puny al Julian Albans a la boca. I després diuen de mi: això sí que és un drama! Tota l'escola n'anava plena. Però ningú sabia exactament per què ho havia fet, el Jack. Molts creien que tenia alguna cosa a veure amb l'Auggie Pullman. Perquè ho entengueu bé, heu de saber que l'Auggie Pullman és un nen de l'escola que va néixer amb uns problemes facials molt greus. I quan dic molt greus, vull dir molt greus. Gravíssims. No té cap element de la cara allà on l'hauria de tenir. Quan el veus per primer cop fa molta cosa, és com si portés una màscara o alguna cosa així. El cas és que quan va entrar a la Beecher tothom es va fixar en ell. Era impossible no fixar-s'hi.

Uns quants –com el Jack, la Summer i jo– vam ser amables amb ell des del principi. Jo, per exemple, si em creuava amb ell pel passadís, sempre li deia: «Ei, Auggie, ¿com va?», i aquestes coses. És veritat que en part ho feia perquè abans que comencés el curs el senyor Culet m'havia demanat que li fes com de companya de benvinguda, però encara que no m'ho hagués demanat, igualment hauria sigut amable amb ell.

Tot i així, n'hi havia molts –com el Julian i la seva colla– que no eren gens amables amb l'Auggie, sobretot al principi. Tampoc vull dir que fossin males persones amb ell. Jo crec que els posava nerviosos la seva cara i ja està. Deien tonteries d'ell a la seva esquena. Li deien esguerro. Jugaven a aquell joc que es diu la Pesta, que jo no hi vaig voler jugar mai, per cert! (Si no tocava mai l'Auggie Pullman era només perquè no tenia cap motiu per fer-ho, res més!) Ningú volia anar amb ell ni que li toqués al mateix grup a l'hora de fer un treball. Almenys a principi de curs. Al cap d'un parell de mesos la gent s'hi va començar a acostumar. No és que fossin supersimpàtics amb ell, això no, però almenys van deixar de ser desagradables. Tothom excepte el Julian, que va continuar obsessionat amb ell! És com si no pogués acceptar el fet que l'Auggie tingués aquell aspecte! Com si ell ho pogués evitar, pobre tio!

En fi, el cas és que tothom creu que el Julian devia dir alguna cosa horrible sobre l'Auggie al Jack. I el Jack, com que era un bon amic, va clavar-li un cop de puny al Julian. Pam.

I el van expulsar. Pam.

I ara ja ha tornat. Pam!

I aquest és el drama!

Però la cosa no s'acaba aquí.

Perquè el que ha passat ara és que durant les vacances de Nadal el Julian va fer una macrofesta i es va dedicar bàsicament a posar tot cinquè en contra del Jack. Va fer córrer el rumor que la psicòloga de l'escola li havia dit a la seva mare que el Jack era un noi emocionalment inestable. I que amb la pressió de ser amic de l'Auggie havia petat i tenia atacs de ràbia. Quina bestiesa! Per descomptat, tot això era mentida, i molta gent ho sabia, però això no treu que el Julian ho anés escampant.

Total, que ara tots els nois estan ficats en aquesta guerra. Que va començar com us he dit. Absurd a més no poder!

Com em vaig mantenir neutral

Sé que una de les coses que diuen de mi és que vaig de bona nena. No tinc ni idea de per què ho diuen. Perquè no hi vaig gens, de bona nena. El que passa és que no sóc de les que són desagradables amb algú només perquè algú altre els diu que ho siguin. No ho suporto, quan veig que la gent fa aquestes coses.

Així que quan tots els nois van començar a fer el buit al Jack, sense que ell entengués per què, vaig pensar que el mínim que podia fer era explicar-li el que estava passant. El conec des d'infantil i és bon nen!

El que passa és que no volia que em veiessin parlant amb ell. Algunes noies, com les de la colla de la Savanna, havien començat a posar-se del bàndol dels nois, i jo tenia molt clar que volia mantenir-me neutral, perquè no volia que s'enfadessin amb mi. Encara pensava que potser un dia d'aquells aconseguiria entrar a la seva colla, i per tant no volia fer res que pogués espatllar les coses amb elles.

O sigui, que un dia, just abans de l'última hora, li vaig passar una nota al Jack dient-li que vingués a veure'm a l'aula 301 després de classe. I va venir. I quan li vaig explicar tot el que estava passant, ostres, li hauríeu d'haver vist la cara! Es va posar vermell com un tomàquet! De debò! Pobre nen! Tots dos estàvem d'acord que tot plegat havia arribat massa lluny! Em va saber molt de greu per ell.

Quan vam acabar de parlar jo vaig sortir de l'aula sense que ningú em veiés.

Com volia explicar-li a l'Ellie la meva conversa amb el Jack Will

L'endemà a l'hora de dinar li vaig voler explicar a l'Ellie que havia parlat amb el Jack. L'Ellie i jo havíem estat secretament enamorades del Jack Will a quart, quan va fer d'Artful Dodger a *Oliver Twist* i totes dues vam trobar que estava moníssim amb barret de copa.

Quan va anar a buidar la safata vaig anar cap a ella. Ja no sèiem a la mateixa taula perquè pels volts de Halloween s'havia canviat a la taula de la Savanna. Però jo encara hi confiava. Havíem sigut millors amigues des de primer! I aquestes coses pesen molt!

–Ei –li vaig dir clavant-li un cop d'espatlla.

–Ei –va dir ella clavant-me'n un altre a mi.

–¿Com és que ahir no vas venir a cant coral?

–Ah, ¿no t'ho havia dit? –va respondre–. Vaig canviar d'optativa, després de les vacances de Nadal. Ara m'he apuntat a la banda.

–¿A la banda? ¿De debò? –vaig fer jo, tota sorpresa.

–Toco el clarinet! –va respondre.

–Uau! –vaig fer jo assentint amb el cap–. Que guai!

Aquella notícia em va deixar de pedra per molts motius.

–¿I què, què passa, Charlie? –em va preguntar–. Gairebé no t'he vist el pèl des que hem tornat de les vacances de Nadal! –Em va agafar el canell per examinar el braçalet nou que duia.

–Sí, ja... –vaig respondre, tot i que em vaig guardar prou d'afegir que era perquè cada vegada que havíem quedat per fer alguna cosa després de plegar al final ella se n'havia desdit.

–¿Com va el gran campionat de joc de punts de l'Abril?

Es referia a l'obsessió que té l'Abril de fer el joc de punts més gran del món per jugar-hi a l'hora de dinar. Ens en rèiem una miqueta, quan no ens veia.

–Bé –vaig respondre amb un somriure–. Fa temps que et vull preguntar per això de la guerra aquesta dels nois. Que patètic, ¿oi?

Va posar els ulls en blanc.

–Està totalment fora de control!

–¿Oi que sí? –vaig fer jo–. A mi em sap greu pel Jack. ¿No trobes que el Julian hauria de tallar-ho d'una vegada?

L'Ellie va començar a entortolligar-se el dit amb un ble de cabells. Va agafar un bric de suc fresc de la barra i va ficar la palla a dins del forat.

–No sé què dir-te, Charly –em va respondre–. Qui li va clavar un cop de puny a la boca va ser el Jack. El Julian té motius de sobra per estar enfadat. –Va xarrupar un glop llarg de suc.– Jo ja començo a pensar que el Jack té un problema seriós de control de l'agressivitat.

¿Què? Ei, ei, un moment. ¿Que què? Conec l'Ellie de tota la vida, i l'Ellie que jo conec no faria servir mai una expressió com «control de l'agressivitat». No és que no sigui prou intel·ligent, però no fa per ella. ¿Control de l'agressivitat? Allò feia més per la Ximena Chin i el seu sarcasme habitual. Des que es feia amb la Ximena i la Savanna, l'Ellie es comportava d'una manera més estranya cada dia!

«Un moment!» En aquell moment hi vaig caure: «La Ximena toca el clarinet! Això explica per què l'Ellie ha canviat d'optativa! Ara ho començo a entendre tot!»

–De tota manera –va afegir l'Ellie–, jo crec que no ens hi hauríem de ficar. Ja s'ho faran els nois.

–Sí, ja s'ho faran –vaig respondre, decidint que valia més no dir-li a l'Ellie que havia parlat amb el Jack.

–¿I què? ¿Estàs preparada per fer la prova de dansa d'avui? –em va preguntar tota animada.

–Sí! –vaig respondre, intentant semblar entusiasmada–. Trobo que la senyora Atanabi és...

–¿Ja has acabat, Ellie? –ens va interrompre la Ximena Chin, com si hagués aparegut del no res. Em va saludar amb un gest del cap sense ni tan sols mirar-me i després va fer mitja volta i se'n va anar cap a la sortida del menjador.

L'Ellie va llençar el bric de suc encara ple a les escombraries, es va posar la motxilla a l'espatlla tota atabalada i va sortir corrent darrere la Ximena.

–Fins ara, Charly! –va mussitar a mig camí de la porta.

–Fins ara –vaig respondre, mirant com atrapava la Ximena. Llavors se'ls van afegir la Savanna i la Gretchen, una de sisè, que les estaven esperant a la sortida.

Totes quatre eren més o menys de la mateixa estatura i tenien els cabells superllargs i amb tirabuixons a les puntes. El color, però, sí que el tenien diferent. Els de la Savanna eren d'un ros daurat. Els de la Ximena, negres. Els de la Gretchen, pèl-rojos. I l'Ellie era castanya. De fet de vegades em preguntava si l'Ellie no devia haver entrat a la colla de les més populars pels cabells, del color i la llargada justos.

Jo els tinc tan rossos que semblen blancs, i tan llisos i prims que és impossible fer-hi tirabuixons a les puntes si no és amb quantitats industrials de laca. A més a més, els porto curtets. I sóc baixeta.

Com fer servir els diagrames de Venn (primera part)

A les classes de ciències de la senyoreta Rubin vam estudiar els diagrames de Venn. Això de dibuixar diagrames de Venn ho fas per veure com s'interrelacionen entre ells diferents grups de coses. Per exemple, si vols veure quines característiques en comú tenen els mamífers, els rèptils i els peixos, dibuixes un diagrama de Venn i fas una llista de les característiques de cada grup a dins d'un cercle. Allà on es produeix una intersecció entre els cercles, hi poses què tenen en comú. En el cas dels mamífers, els rèptils i els peixos, seria que tots tenen espina dorsal.

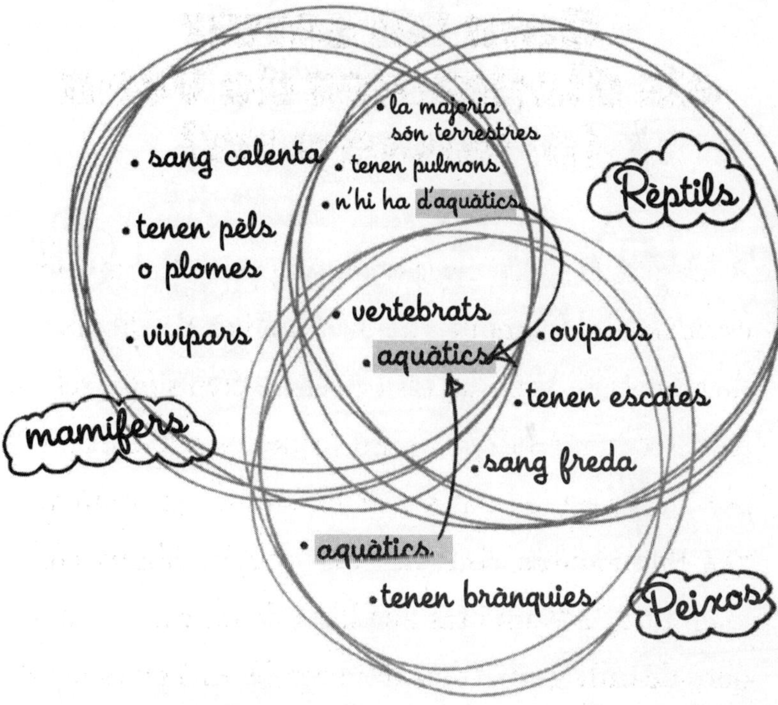
• la majoria són terrestres
• sang calenta
• tenen pulmons
• n'hi ha d'aquàtics
Rèptils
• tenen pèls o plomes
• vertebrats
• vivípars
• ovípars
• aquàtics
• tenen escates
mamífers
• sang freda
• aquàtics.
• tenen brànquies
Peixos

A mi m'encanten, els diagrames de Venn. Són superútils per explicar moltes coses. De vegades els faig servir per explicar com funcionen les amistats.

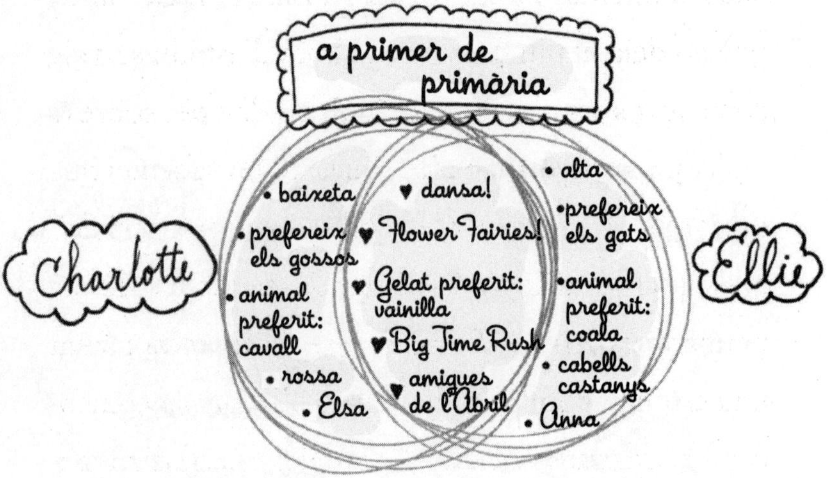

L'Ellie i jo a primer.

Com veieu, l'Ellie i jo teníem una pila de coses en comú. Érem amigues des del primer dia de primer, quan la senyoreta Diamond ens va posar a la mateixa taula. Me'n recordo perfectament, d'aquell dia. Jo vinga a intentar parlar-hi, però l'Ellie era tan tímida que no deia ni piu. Llavors, a l'hora d'esmorzar, vaig començar a fer el patinador amb els dits per sobre la taula que compartíem totes dues. Si no sabeu el que és, és quan fas un símbol de la pau cap per avall i deixes lliscar els dits per la taula brillant, com si fossin patinadors artístics. El cas és que l'Ellie es va passar una estona mirant com ho feia jo i llavors va començar a patinar amb els dits ella també. Al cap d'un moment ja estàvem tots dues fent la figura del vuit per tota la taula. A partir d'aquí ens vam fer inseparables.

L'Ellie i jo ara.

Com vaig continuar sent neutral

Quan es van acabar les classes i vaig arribar als armariets de davant de la sala d'actes per fer la prova de dansa, l'Ellie, la Savanna i la Ximena ja hi eren. Per la manera com em van mirar, vaig veure que les havia enxampat parlant de mi.

–¿No et deus haver posat del bàndol del Jack en la guerra dels nois, oi que no? –em va preguntar la Savanna amb una ganyota de fàstic.

Vaig mirar un moment l'Ellie, que evidentment havia explicat a la Savanna i la Ximena part de la conversa amb mi de l'hora de dinar. Es va posar un ble de cabells a la boca i va mirar cap a una altra banda.

–Jo no m'he posat del bàndol del Jack –vaig dir sense alterar-me gens. Vaig obrir d'una revolada el meu armariet i hi vaig entaforar la motxilla.– Jo l'únic que dic és que trobo que tot això d'aquesta guerra entre els nois és una parida. Tots els nois s'estan comportant com uns idiotes.

–Sí, però qui va començar va ser el Jack –va replicar la Savanna–. ¿O estàs dient que va fer bé de clavar-li un cop de puny al Julian?

–No, esclar que no va fer bé de clavar-li un cop de puny al Julian –vaig respondre mentre anava traient les coses de dansa.

–¿I doncs, com et pots posar del bàndol del Jack? –va replicar ràpidament la Savanna, fent encara aquella expressió de fàstic.

–¿Vols dir que no deu ser que t'agrada? –va preguntar la Ximena amb un somriure maliciós.

¿Era possible que la Ximena, que no em devia haver dit més de trenta paraules en tot el curs, m'estigués preguntant si m'agradava el Jack?

–No –vaig respondre, conscient que se m'estaven encenent les orelles.

Vaig mirar un moment l'Ellie mentre m'asseia per posar-me les sabatilles de dansa. S'estava cargolant un altre ble de cabells per posar-se'l a la boca. No em podia creure que els hagués explicat allò del Jack! Quina traïdora!

En aquell moment va entrar la senyora Atanabi picant de mans perquè paréssim atenció, tan teatral com sempre.

–Molt bé, noies, si no heu escrit el vostre nom al full de la prova, sisplau, feu-ho ara –va fer assenyalant la carpeta de pinça que hi havia a la taula del costat. Hi havia com unes vuit noies fent cua per apuntar-s'hi–. I si ja us hi heu apuntat, sisplau busqueu un lloc a terra i comenceu a estirar.

–Ja t'hi apunto jo –va dir la Ximena a la Savanna, anant cap a la taula.

–¿Vols que t'hi apunti, Charly? –em va preguntar l'Ellie.

Jo sabia que ho feia per veure si estava enfadada amb ella o no. I sí que ho estava!

–Ja hi estic apuntada –vaig respondre tranquil·lament, sense ni tan sols mirar-la.

–¿Com vols que no hi estigui apuntada? –va saltar la Savanna posant els ulls en blanc–. La Charlotte sempre és la primera d'apuntar-se a tot.

Com (i per què) m'agrada ballar

Faig classes de dansa des que tenia quatre anys. Ballet. Claqué. Jazz. No és que vulgui ser primera ballarina, de gran, sinó que espero arribar a ser una estrella de Broadway algun dia. Per ser-ho has de saber cantar, ballar i actuar. Per això m'esforço tant a classe de dansa. I de cant. Me les prenc molt seriosament, perquè sé que així el dia que m'arribi la gran oportunitat hi estaré preparada. ¿I per què hi estaré preparada? Doncs perquè m'hi hauré esforçat moltíssim durant tota la meva vida! La gent es pensa que les estrelles de Broadway surten d'un dia per l'altre, però no és veritat. Practiquen fins que els fan mal els peus! Assagen com desesperades! Si vols ser una estrella, has d'estar disposada a esforçar-te més que tots els altres per aconseguir els teus objectius i els teus somnis! Per mi un somni és com un dibuix que tens al cap i que cobra vida. Primer te l'has d'imaginar. I després has de treballar moltíssim perquè es faci realitat.

Així que quan la Savanna diu «La Charlotte sempre és la primera d'apuntar-se», per una banda és com si em fes un compliment, perquè m'està dient que «La Charlotte sempre està al cas de tot, i per això li condeix tant l'esforç». Però quan diu «La Charlotte sempre és la primera d'apuntar-se» amb aquella ganyota de fàstic a la cara, el que m'està dient, més aviat, és «La Charlotte només aconsegueix el que vol perquè sempre és la primera de la cua». O almenys és com m'ho prenc jo. Com un moc.

La Savanna és boníssima, clavant mocs d'aquesta mena. Tot ho fa amb els ulls i amb la comissura dels llavis. És una pena, perquè abans no era així. A primària la Savanna, l'Ellie, l'Abril, la Summer i jo érem totes amigues. Jugàvem juntes després d'escola. Quedàvem per berenar. És des que vam començar secundària –i es va fer de les populars– que s'ha tornat una mica desagradable.

Com ens va presentar el seu ball la senyora Atanabi

–Molt bé, senyoretes –va dir la senyora Atanabi picant de mans i fent-nos senyals perquè ens acostéssim cap a ella–. Tothom a la tarima de ball, sisplau! Agafeu posicions. Escampeu-vos totes. A veure, el que farem avui és el següent: jo us ensenyaré uns balls dels seixanta i vull que intenteu ballar-los. El *twist*. El *Hully Gully*. I el mambo. Només aquests tres. ¿Us sembla bé?

Jo m'havia posat darrere la Summer, que em va somriure i em va fer un d'aquells hola tan alegres i simpàtics que fa ella. Quan era petita i encara tenia la dèria de les Flower Fairies, sempre pensava que la Summer Dawson era clavada a la fada Lavanda. Com si hagués nascut amb unes ales lila.

–¿Quant fa que balles? –li vaig preguntar, perquè no l'havia vist mai als festivals de dansa.

La Summer es va arronsar d'espatlles, tota tímida.

–Vaig començar a anar a classes l'estiu passat.

–Que guai! –li vaig dir jo somrient, per animar-la.

–¿Senyora Atanabi? –va dir la Ximena aixecant la mà–. ¿Per què és, exactament, aquesta prova?

–Ai, Déu meu! –va exclamar la senyora Atanabi picant-se el front amb una mà–. Tens tota la raó. M'havia oblidat completament d'explicar-vos el que estem fent, noies.

A mi, personalment, sempre m'ha agradat molt la senyora Atanabi, amb aquells vestits llargs i folgats, aquells fulards i aquell monyo mig desfet que porta sempre. M'encanta aquesta pinta que fa sempre d'acabada d'arribar d'un llarg viatge. M'agrada. Però hi ha molta gent que la troba estranya i extravagant. Per aquella manera que té de tirar el cap enrere quan riu. Per la mania que té de parlar tota sola de vegades. Diuen que és clavada a la senyora Puff de Bob Esponja. Li diuen senyora Focanabi a la seva esquena, però trobo que és molt cruel.

–M'han demanat que muntés un número de dansa per presentar-lo al Festival Benèfic de la Beecher –va començar a explicar–. Que és a mitjans de març. No serà una actuació davant dels companys. És per pares, professors i exalumnes. Però és un acte molt important. Aquest any es fa al Carnegie Hall.

Es van sentir tot d'exclamacions d'alegria.

La senyora Atanabi es va posar a riure.

–Ja m'ho pensava, que us agradaria –va dir–. Estic adaptant una coreografia que vaig fer fa anys i que en aquell moment va despertar força interès, mal m'està el dir-ho. I ens ho podem passar molt bé, però haurem de treballar molt! Per cert, ara que hi penso: si sortiu escollides per participar-hi, us hi haureu de comprometre molt! Vull que això quedi molt clar des del principi, senyoretes. Noranta minuts d'assaig després d'escola, tres cops per setmana. Des d'ara fins al mes de març. Així que, si no us hi podeu comprometre, no cal ni que ho intenteu, ¿entesos?

–¿I si tinc entrenament de futbol? –va preguntar la Ruby enmig d'un *plié*.

–Senyoretes, hi ha moments a la vida que s'ha de triar –va respondre la senyora Atanabi–. No pots anar a entrenar a futbol i fer aquest ball. És així de senzill. No vull sentir excuses de deures, ni d'exàmens ni de res. No es pot faltar ni a un sol assaig! Penseu que no és una cosa que us demanen a escola! No esteu obligades a ser aquí, noies. No serveix per apujar nota. Si alguna de vosaltres no en té prou amb la il·lusió de ballar en un dels escenaris més famosos del món, llavors no cal que us hi presenteu. –Va allargar el braç assenyalant la porta.– No m'ho prendré com una cosa personal.

Ens vam mirar entre nosaltres. La Ruby i la Jacqueline van fer un somriure demanant disculpes a la senyora Atanabi, van dir adéu amb la mà i se'n van anar. No entenc com algú pot fer una cosa així. ¿Deixar passar l'oportunitat de ballar al Carnegie Hall? Però si és tan famós com Broadway!

La senyora Atanabi va fer un parpelleig però no va dir res. Llavors es va fregar el front, com si volgués foragitar el mal de cap.

–Una última cosa –va dir–: si no sortiu seleccionades per aquesta rutina en particular, sisplau recordeu que continua havent-hi el gran número de dansa del festival de varietats de primavera, i en aquest sí que hi pot ballar tothom. Així que, si no actueu en aquesta funció, sisplau no vull començar a rebre emails de mares. Només hi poden anar tres persones.

–¿Només tres? –va exclamar l'Ellie, tapant-se la boca amb la mà.

–Sí, només tres –va respondre la senyora Atanabi, parlant exactament igual que la senyora Puff quan diu, «Oh, Bob Esponja».

Jo sabia perfectament el que estava pensant l'Ellie: «Sisplau, que siguem la Ximena, la Savanna i jo.»

Però, per molt que ho desitgés, segurament també era conscient que les coses no anirien així. De fet tothom sap que la millor ballarina de l'escola és la Ximena. La van seleccionar pels intensius d'estiu de la School of American Ballet. Així que ja veieu el nivell que té. Per tant, estava pràcticament cantat que la Ximena hi entraria.

I tothom sap que l'any passat la Savanna va arribar a la final en dos concursos regionals i que una mica més i es classifica en el d'abast estatal, de manera que hi havia molts números que hi entrés ella també.

I tothom sap també que... Bé, no és que vulgui presumir ni res, però la dansa és el meu fort, i tinc una pila de trofeus enormes al prestatge que ho demostren.

Ara... ¿L'Ellie? Amb perdó, però no juga a la mateixa lliga que la Ximena ni que la Savanna. O que jo. És veritat que fa molts anys que fa dansa, però sense matar-s'hi gaire. No ho sé... Potser si hi poguessin entrar quatre persones... Però si només en podien ser tres, no.

Ni pensar-hi. Si mirava al meu voltant la sala on es feia la competició, el resultat estava bastant clar: les tres que quedarien al final serien la Ximena, la Savanna, i jo! Ho sento, Ellie.

I potser, només potser, així tindria l'oportunitat d'entrar al grup de la Savanna d'una vegada per totes. D'aquesta manera podria continuar tenint l'Ellie de millor amiga. I la Savanna tindria la Ximena. Tot arreglat.

El *twist*. El *Hully Gully*. I el mambo.

Entesos.

Com fer servir els Diagrames de Venn (segona part)

A secundària no sempre seus a l'hora de dinar amb el teu grup d'amigues. Per exemple: és molt possible –de fet, és probable– que acabis en una taula amb una colla de nenes que són amigues teves, però no cal que siguin superamigues. ¿Que com has anat a parar en aquesta taula? Per pura casualitat: potser perquè no hi havia prou lloc a la taula de les noies amb qui realment et venia de gust seure. O potser perquè anàveu juntes a la classe que tenies just abans de l'hora de dinar. De fet és el que em va passar a mi. El primer dia d'escola l'Abril, la Megan, la Lina, la Rand, la Summer, l'Ellie i jo vam coincidir al grup avançat de mates de la senyoreta Petosa. Quan va sonar el timbre vam baixar les escales com si fóssim un ramat, sense saber exactament com arribar al menjador. Quan finalment el vam trobar, ens vam asseure totes en bloc en una taula. Va ser com si juguéssim al joc de les cadires, totes de bòlit intentant trobar lloc. De fet se suposava que només hi havia d'haver sis nens per taula, però ens vam estrènyer tant que hi vam cabre totes set.

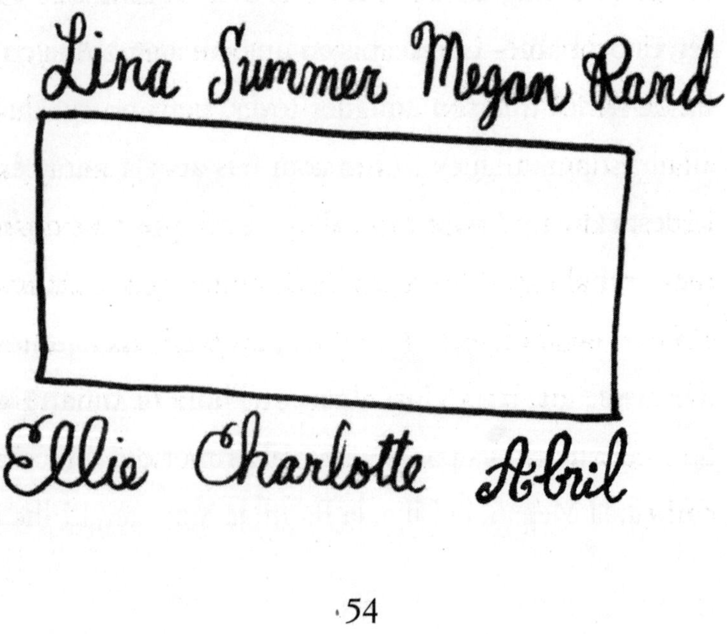

En un primer moment vaig pensar que era la millor taula de tot el menjador! M'havia tocat seure entre l'Ellie, la meva millor amiga des de primer, i l'Abril, la meva altra millor amiga de primària. Just enfront hi tenia la Summer i la Megan, que també coneixia de primària, encara que no fóssim superamigues. I la Lina la coneixia de les colònies d'estiu de la Beecher. L'única que no coneixia de res era la Rand, però semblava bastant simpàtica. Vaja, resumint, que semblava una taula collonuda!

Però llavors, aquell mateix dia, la Summer es va canviar de taula i se'n va anar a seure amb l'Auggie Pullman. Va ser tan fort! Estàvem totes assegudes allà, parlant d'ell i mirant com menjava, llavors la Lina va dir una cosa molt lletja d'ell que no penso repetir, i al cap d'un segon la Summer, sense dir res a ningú, agafa la safata i se'n va amb ell. Es va quedar amb nosaltres! Me'n recordo que la Lina feia una cara com si acabés de veure un accident de cotxe.

–Para de mirar d'aquesta manera! –li vaig dir.

–No m'ho puc creure, que s'hagi assegut amb ell per dinar –va murmurar, horroritzada.

–Tampoc n'hi ha per tant –vaig fer jo, posant els ulls en blanc.

–¿I doncs per què no te n'hi vas tu, a dinar amb ell? –va replicar–. ¿No se suposa que ets la seva companya de benvinguda?

–Però això no vol dir que m'hagi d'asseure amb ell a l'hora de dinar –vaig saltar de seguida, penedint-me d'haver explicat que el senyor Culet m'havia triat perquè fes de companya de benvinguda de l'Auggie. Sí, era un honor que m'ho hagués demanat a mi, juntament amb el Julian i el Jack, però tampoc volia que m'ho refreguessin per la cara!

Tot el menjador estava fent exactament el mateix que la nostra taula: mirar com l'Auggie i la Summer dinaven junts. Tot just feia unes hores que érem a secundària, i la gent ja havia començat a anomenar-lo Nen Zombi i Esguerro.

La Bella i l'Esguerro. Això és el que murmurava tothom referint-se a la Summer i l'Auggie.

I si una cosa no volia jo, era que la gent murmurés a la meva esquena, també!

–A més a més –vaig dir a la Lina mentre em posava una mica d'amanida Cèsar a la boca–, m'agrada aquesta taula. No em vull canviar.

I era veritat! M'agradava aquella taula.

Almenys al principi.

Però després, quan vaig anar coneixent la gent una mica millor, em vaig adonar que potser no hi tenia tantes coses en comú com jo voldria. Va resultar que la Lina, la Megan i la Rand eren superesportistes. (L'Abril juga a futbol, però ja està.) Per tant, hi havia moltes converses sobre tot aquell món de partits de futbol, campionats de natació, partits fora de casa, etcètera, en què l'Ellie i jo no hi pintàvem res. En segon lloc, totes havien triat orquestra, mentre que l'Ellie i jo havíem triat cant coral. I en tercer lloc, senzillament, no els deien res moltes de les coses que a nosaltres ens encantaven. No miraven mai *The Voice* o *American Idol*. No eren gens de pel·lis antigues ni d'estrelles de cine. No havien vist mai *Els Miserables*! Fortíssim! De debò, ¿com puc tenir una amistat de veritat amb algú que no té cap interès a veure *Els Miserables*?

Però mentre tingués l'Ellie i pogués parlar amb ella, i a més a més l'Abril per arrodonir-ho, per mi cap problema. Nosaltres tres podíem parlar del que volguéssim a la nostra banda de la taula, i la Megan, la Lina i la Rand podien parlar del que volguessin a la seva banda de la taula. Sempre ens quedava la part del mig per posar-nos al dia de totes les coses que teníem en comú: les feines de classe, els deures, els profes, els exàmens, la porqueria de menjar que ens donaven...

Per això tot anava bé. Fins que l'Ellie es va canviar de taula!

Ara només quedàvem l'Abril i jo.

I parlar amb l'Abril només era divertit si hi havia l'Ellie. O si volies jugar al seu trepidant joc dels puntets.

Escolteu, no estic enfadada perquè l'Ellie es canviés de taula. De debò que no l'hi retrec. Des que va saber que l'Amos li anava al darrere, va ser com si tingués entrada lliure al grup de les populars. La Savanna li va preguntar si volia seure amb ells a l'hora de dinar i ho va organitzar tot perquè l'Amos i l'Ellie seguessin de costat. Així és com han sortit totes les «parelles» de la classe. La Ximena i el Miles. La Savanna i el Henry. I ara, l'Amos i l'Ellie. Un grup amb un altre grup. Els nois més populars, amb les noies més populars. Era natural que es volguessin ajuntar en bloc. En tot el curs no hi ha ningú més que surti amb algú o que mig surti. Em consta que les noies de la meva taula encara es comporten com si els nois tinguessin polls! I, pel que veig, la majoria de nois es comporten com si les noies no existissin.

Així que sí, entenc perfectament que l'Ellie es canviés de taula. De debò. I no estic superofesa amb ella, com l'Abril. Costa dir que no, quan t'inviten a seure en una taula millor. Val més no pensar-s'ho dues vegades.

L'únic que puc fer és seure i esperar, parlar amb l'Abril, i esperar que algun dia la Savanna em demani d'asseure'm amb la colla dels populars.

Mentrestant, faig diagrames de Venn. I em passo moltes estones jugant als puntets.

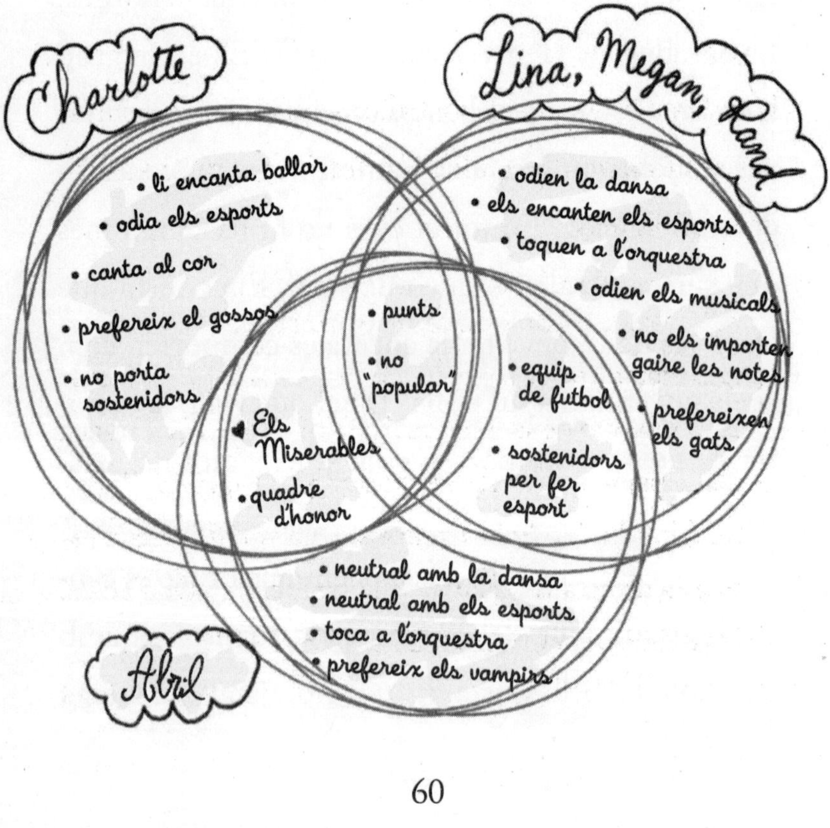

Com es va formar un nou subgrup

L'endemà de la prova, just abans de dinar, va aparèixer aquesta nota al tauler d'anuncis que hi ha sortint de la biblioteca:

> Felicitats a les noies que surten més avall! Heu estat seleccionades per participar a l'espectacle de balls dels anys seixanta de la senyora Atanabi. He penjat l'horari dels assajos al web. Apunteu-vos-ho a l'agenda. Prohibit faltar-hi. No hi ha excusa que valgui. El primer assaig és demà a les quatre de la tarda, a la sala d'actes. POBRES DE VOSALTRES SI FEU TARD!
>
> Sra. Atanabi

Ximena Chin

Charlotte Cody

Summer Dawson

Déu meu, hi havia entrat! Visca!!!!! Em vaig posar tan contenta, quan vaig veure el meu nom a la llista! Superfeliç! Eufòrica! Oé, oé oé oé!

O sigui, que érem jo, la Ximena i... ¿i la Summer? ¿Què? ¿La Summer? Això sí que era una sorpresa! Jo tenia coll avall que seria la Savanna! Vull dir que la Summer acabava de començar a fer dansa! ¿De debò que havia guanyat a la Savanna?

Ostres, tu: com devia estar la Savanna! M'hi jugo el que sigui que, quan va veure la llista, va fer aquella ganyota que fa ella de fàstic. ¿I l'Ellie? En el fons, jo crec que l'Ellie es devia haver tret un pes de sobre. Les hauria passat magres, intentant seguir-los el ritme, a la Ximena i la Savanna, i a més a l'Ellie tampoc li agradava tant ballar. Jo sempre havia pensat que feia dansa només perquè jo també en feia. Em vaig alegrar per ella. Vull dir que potser no es comporta com si fos la meva millor amiga, però encara ho és.

També estava contenta per mi! Perquè, encara que em feia il·lusió acostar-me una mica més a la colla de la Savanna, també m'amoïnava una mica que el binomi Savanna-Ximena em deixés totalment de banda.

Però que a part de la Ximena també hi hagués la Summer al grup era superguai! Potser entre la simpatia de la Summer i la meva aconseguiríem que la Ximena acabés sent de les nostres. O, com a mínim, que no fos la noia desagradable que aparentment tothom es pensa que és. No és que jo ho pensi. De fet, gairebé no la conec! En qualsevol cas, em vaig posar molt contenta que la tercera del grup fos la Summer. Gairebé no vaig poder parar de somriure en tot el dia.

Com vaig veure la Savanna

A l'hora de dinar em vaig encabir a pressió entre l'Abril i la Rand, que estaven totes dues inclinades sobre un altre dels jocs de puntets gegants de l'Abril, cada cop més i més elaborats.

–Ei! –vaig fer tota contenta–. Bones notícies, nenes! M'han agafat per l'espectacle de ball dels anys seixanta que munta la senyora Atanabi per la gala benèfica de març! Oé, oé oé oé!

–Que bé! –va respondre l'Abril sense aixecar la vista del joc–. És fantàstic, Charlotte.

–Que bé! –va repetir la Rand–. Felicitats.

–A la Summer també l'han agafat.

–Ah, doncs me n'alegro –va dir l'Abril–. Em cau molt bé. Sempre és supersimpàtica.

La Rand, que estava marcant amb la seva inicial la fila de quadrats que acabava de tancar, va aixecar el cap, va mirar l'Abril i va somriure.

–Quinze! –va dir.

–Merda! –va dir l'Abril serrant les dents. Li acabaven de posar bràquets feia pocs dies i no parava de fer moviments estranys amb la boca.

Els vaig llançar la goma.

–Deu estar interessantíssima, la partida –vaig fer tota sarcàstica.

–Ha ha! –va dir l'Abril repenjant-se a sobre meu amb l'espatlla–. És tan graciós que em peto!

–A la taula de les repel·lents t'estan mirant –va dir la Rand.

–¿Què? –vaig fer, mentre l'Abril i jo ens giràvem alhora per mirar en la mateixa direcció que ella.

Però la Savanna, la Ximena, la Gretchen i l'Ellie van girar al cap així que van veure que les mirava.

–Canta molt que estaven parlant de tu! –va dir l'Abril tot dedicant-los una de les seves mirades des de darrere de la muntura negra de les ulleres.

–Para, Abril –li vaig dir.

–¿Per què? Se me'n refot, si em veuen.

I els va ensenyar les dents com si fos una mena de fura guillada.

–Para de mirar-les, Abril! –vaig murmurar entre dents.

–D'acord –va dir.

Ella va tornar al joc de punts amb la Rand i jo em vaig concentrar a menjar-me els raviolis. En un moment donat vaig notar uns ulls que em cremaven al clatell i em vaig girar per mirar dissimuladament cap a la taula de la Savanna. Aquest cop la Ximena, la Gretchen i l'Ellie estaven parlant entre elles, passant completament de mi. Però la Savanna m'estava mirant fixament! I quan va veure que la mirava no va apartar els ulls. Va continuar mirant-me fixament. I llavors, un moment abans de desviar la mirada, em va treure la llengua. Va ser tan ràpid que no ho devia veure ningú. Ho vaig trobar tan infantil que gairebé no m'ho podia creure!

Aquí va ser quan em vaig adonar que m'havia equivocat donant per fet que el tercer lloc en el muntatge de ball de la senyora Atanabi l'havia aconseguit la Summer. Jo estava convençuda que el tercer lloc seria per la Savanna, no per la Summer. Però des del punt de vista de la Savanna, no era la Summer, que li havia pres el lloc. Era jo! «La Charlotte sempre és la primera d'apuntar-se», havia dit.

La Savanna em culpava a mi d'haver-li pres el lloc que es mereixia al ball!

Com vam començar amb mal peu

L'endemà estava previst que caigués la gran nevada i tothom estava inquiet i expectant, perquè deien que l'escola tancaria abans d'hora si al final resultava que era tan forta com deien les previsions. Per sort –perquè l'última cosa que volia era que ens anul·lessin el primer assaig–, no va començar a nevar fins a última hora de la tarda. I no gaire fort. Així doncs, quan va sonar el timbre de la sortida, me'n vaig anar corrents cap a la sala d'actes. Com que l'Atanabi ens havia llançat aquell avís tan amenaçador perquè no féssim tard, no em va estranyar veure que la Summer i la Ximena ja hi eren.

Ens vam dir hola totes tres i vam començar a posar-nos la roba de dansa. Al principi jo potser estava una mica incòmoda. En realitat no havíem estat mai totes tres juntes. Anàvem amb colles diferents, les nostres versions particulars de mamífers, rèptils i peixos. La Summer i jo només coincidíem en una assignatura. I, com ja he dit abans, amb la Ximena pràcticament no ens coneixíem. La conversa més llarga que havíem tingut mai havia sigut al desembre, a classe de la senyora Rubin, quan em va preguntar –sense tallar-se ni un pèl– si podíem canviar de parella perquè ella pogués anar amb la Savanna. Per això al final vaig acabar fent parella amb el Remo en el projecte de la fira científica, però això és una altra història i no cal explicar-la.

Vam començar a escalfar i fer estiraments per passar l'estona. La senyora Atanabi ja feia gairebé mitja hora tard.

–¿Creieu que serà sempre així? –va preguntar la Ximena a mig fer un *battement*–. ¿Que la senyora Atanabi farà tard cada dia?

–A classe de teatre no arriba mai a l'hora –vaig dir jo fent que no amb el cap.

–¿Oi que no? –va dir la Ximena–. Això és el que em temo.

–Potser ha quedat bloquejada per la neu –va dir la Summer sense perdre del tot l'esperança–. Comença a caure amb força, em sembla.

La Ximena va fer una ganyota.

–Sí, potser necessita un trineu amb gossos –va saltar de seguida.

–Ha ha ha! –vaig riure.

Però ja vaig veure que acabava de quedar com una idiota.

«Sisplau, Déu, no deixis que quedi com una idiota davant de la Ximena Chin.»

La veritat és que la Ximena Chin em posava una mica nerviosa. No sé ben bé per què. Només és que era tan guai, tan guapa, i tot ho feia tan perfecte... La manera com s'enrotllava la bufanda. Com li quedaven els texans. L'estil que tenia recollint-se els cabells i cargolant-los d'aquella manera tan guai. És que no tenia cap defecte!

Me'n recordo que quan la Ximena va entrar a la Beecher, a principi de curs, tothom va voler ser amic seu des del primer moment. Jo inclosa! Estic segura que ni se'n recorda, però vaig ser jo qui la va ajudar a trobar el seu armariet el primer dia d'escola. Vaig ser jo qui li va deixar un llapis a la tercera hora (que no em va tornar mai, ara que hi penso). Però la primera que es va fer amiga seva va ser la Savanna. La Savanna li va posar l'ull a sobre des del primer nanosegon de curs. I ja no hi va haver res a fer. Va ser com el Big Bang de totes les amistats. Hi va haver una explosió i a l'instant es va crear un univers de mirades de complicitat, rialletes, roba i secrets.

A partir d'aleshores no hi va haver ni la més mínima oportunitat d'acostar-se a la Ximena. I la veritat és que ella tampoc es va esforçar gaire per obrir-se més enllà del grup de la Savanna. Potser trobava que no li calia. La gent deia que era una mica creguda.

L'únic que sabia d'ella era que tenia l'extensió de cames més impressionant que havia vist mai, que treia les millors notes de tot el curs i que tenia molt mala llet. O sigui, que feia molts «comentaris intel·ligents» sobre la gent a la seva esquena. Hi havia molta gent –com per exemple l'Abril– que no la podien ni veure. Però jo em moria de ganes de coneixe-la millor. Potser fins i tot de ser amiga seva! De riure de les seves sortides punyents. Però el que de debò de debò de debò volia, era agradar-li!

–Espero que valgui la pena, tanta dedicació –va dir la Ximena–. Vull dir que amb el mes tan ple que tinc! ¿I el projecte de ciències què?

–Jo encara no l'he començat –va dir la Summer.

–Ni jo! –vaig dir, tot i que no era ben bé veritat. El Remo i jo teníem fet el diorama d'una cèl·lula des de la primera setmana després de les vacances de Nadal.

–És que m'agradaria poder estar segura que hi dedicarem tot el temps d'assaig que calgui, per preparar aquest ball –va dir la Ximena mirant el mòbil–. No vull pujar a l'escenari del Carnegie Hall i quedar com una idiota perquè no hem assajat prou, i tot perquè la senyora Atanabi és tan extravagant que no pot arribar a l'hora.

–Ei –vaig dir intentant que quedés natural–, si algun dia necessitem un espai per assajar fora de l'escola, podeu venir a casa meva. Tinc una paret amb mirall al soterrani i una barra. Abans la meva mare donava classes de ballet allà.

–Sí, ja me'n recordo, del teu soterrani! –va exclamar la Summer entusiasmada–. Una vegada hi vas fer una festa d'aniversari de les Flower Fairies!

–Això va ser a segon –vaig respondre, una mica avergonyida que hagués esmentat les Flower Fairies davant de la Ximena.

–¿Que vius a prop d'aquí? –em va preguntar la Ximena fent córrer amb el dit els missatges per la pantalla del mòbil.

–A deu carrers.

–D'acord, doncs passa'm un missatge amb la teva adreça –va dir.

–Esclar! –vaig dir, traient ràpidament el mòbil i pensant «estic a punt d'enviar un missatge a la Ximena Chin amb la meva adreça», matada de mi.

–Mmm, perdona, ¿quin número tens?

En lloc d'aixecar la vista de la pantalla, em va plantar el palmell de la mà davant dels morros, com si fos un guàrdia urbà. Tenia escrit el número en vertical al lateral de la mà, amb cada xifra molt ben dibuixada amb boli blau. Vaig gravar-me el número als contactes i li vaig enviar un missatge amb la meva adreça.

–Ei, ties –vaig dir mentre escrivia–, podeu venir demà després de plegar, si voleu. I comencem a assajar.

–D'acord –va murmurar la Ximena com si res. Una mica més i se'm talla la respiració. «La Ximena Chin ve demà a casa meva!»

–Ostres, jo no puc –va dir la Summer empetitint

els ulls, com per disculpar-se–. He quedat amb l'Auggie, demà.

–¿I divendres? –vaig preguntar.

–No puc jo –va dir la Ximena. Devia haver acabat d'enviar missatges, perquè va aixecar el cap.

–¿Així potser la setmana que ve? –vaig fer jo.

–Ja trobarem el dia –va replicar la Ximena amb indiferència. Va començar a passar-se els dits pels cabells.– No me'n recordava que eres amiga de l'esguerro –va dir a la Summer, tota somrient–. ¿Què se sent?

Jo crec que no ho va dir amb mala intenció. Molta gent es referia sempre a l'Auggie Pullman d'aquesta manera.

Vaig mirar la Summer. «Calla», vaig pensar.

Però sabia que no callaria.

Com no hi ha manera d'enfadar-se amb la fada Lavanda

La Summer va deixar anar un sospir.

–¿Et sabria greu no dir-li d'aquesta manera? –li va demanar, gairebé amb timidesa.

La Ximena va fer com si no ho entengués.

–¿Per què? Si no hi és –va replicar recollint-se els cabells en una cua de cavall–. Només és un àlies.

–És un àlies horrible –va respondre la Summer–. Em fa sentir molt malament.

És el que té la Summer Dawson: té una manera de parlar, que et pot dir aquestes coses i no t'ofens. Si la digués jo, una cosa així, no seria el mateix ni de conya.

Tothom començaria a dir que sempre vaig de santa! Però quan ho fa la fada Lavanda, arquejant aquelles celles tan bufones que té com si se li dibuixessin dos somriures al front, no li queda gens com si t'estigués clavant un sermó. Al contrari, queda dolceta.

–Ah, d'acord, doncs perdona –es va disculpar la Ximena obrint molt els ulls–. De debò que no ho deia amb mala intenció, Summer. Però no li tornaré a dir així, t'ho prometo.

Semblava que li sabés realment greu, però hi havia alguna cosa en l'expressió de la cara que sempre feia que et preguntessis si era del tot sincera. Jo crec que era pel clotet que se li feia a la galta esquerra. Era gairebé com si no pogués evitar semblar maliciosa.

La Summer se la va mirar sense tenir-les totes.

–No passa res.

–De debò que em sap molt de greu –va insistir la Ximena, gairebé com si estigués intentant aplanar-se el clotet de la galta.

Ara sí que la Summer va somriure.

–Ja està oblidat –va dir.

–Ho he dit altres vegades i ho torno a dir ara –va respondre la Ximena fent-li una petita abraçada–. Realment, ets una santa, Summer.

Per un moment vaig tenir una fiblada de gelosia, de veure que li queia tan bé la Summer.

–Jo també crec que no està bé que li diguin esguerro –vaig dir distretament.

En aquest punt m'haig d'aturar un moment i dir una cosa en defensa pròpia: NO TINC NI IDEA DE PER QUÈ HO VAIG DIR! Em va sortir literalment sense pensar-hi. Aquesta estúpida tirallonga de paraules em va sortir disparada de la boca tota sola, com si vomités! De seguida vaig veure que havia quedat molt repel·lent.

–Ja, tu no li has dit mai així –va replicar la Ximena aixecant molt una cella. Em va mirar com si estiguéssim jugant a veure qui parpellejava abans.

–Mmm... –vaig fer, notant com se m'encenien les orelles.

«No, sento molt haver dit això. No m'odiïs, Ximena Chin!»

–¿Puc fer-te una pregunta? –va afegir de seguida–. ¿Quedaries amb ell?

Em va agafar tant per sorpresa que gairebé no vaig saber què dir.

–¿Què? No! –vaig respondre a l'acte.

–Exacte –va dir, com si acabés de demostrar alguna cosa.

–Però no pel seu aspecte –vaig defensar-me, confusa–. Sinó perquè no tenim res en comú, simplement!

–Va, ¿i què més? –va fer rient la Ximena–. Això és mentida.

Jo no entenia on volia anar a parar.

–¿I tu hi quedaries? –vaig preguntar.

–Esclar que no –va dir impassible–. Però en això, si una cosa no sóc, és hipòcrita.

Vaig mirar un moment la Summer, que em va fer una cara com dient: «Ostres, això sí que fa mal».

–Ei, no vull ser desagradable –va continuar la Ximena, molt directa–. Però quan tu dius «Oh, jo mai li diria esguerro», a mi em deixes com una idiota, perquè és evident que jo sí que li he dit així; i em fa ràbia, perquè tothom sap que el senyor Culet et va demanar a tu que li fessis de companya de benvinguda. I si no li dius esguerro, com fa tothom, és només per això. La Summer es va fer amiga seva sense que ningú l'obligués a fer-li de companya de benvinguda, i per això és una santa.

–No sóc cap santa –va saltar de seguida la Summer–. I no crec que la Charlotte li hagués dit així, encara que el senyor Culet no li hagués demanat que li fes de companya de benvinguda.

–¿Ho veus? Fins i tot ara ets una santa –va dir la Ximena.

–Jo crec que no li hauria dit mai esguerro –vaig dir fluixet.

La Ximena es va plegar de braços i em va mirar somrient, com si m'estigués llegint el pensament.

–¿Sabies que ets molt més simpàtica amb ell quan hi ha els profes al davant? –va dir molt seriosa–. Et tenen clissadíssima.

Abans que tingués temps de respondre –tot i que no sé què hauria respost–, la senyora Atanabi va irrompre per la porta de doble batent de l'altra punta de la sala d'actes.

–Sento moltíssim arribar tan tard! –va anunciar panteixant, coberta de neu de dalt a baix.

Semblava un petit ninot de neu, baixant les escales amb quatre bosses ridículament plenes.

La Ximena i la Summer van pujar corrents a ajudar-la, però jo vaig fer mitja volta i vaig anar cap al passadís. Vaig fer veure que bevia aigua de la font, però el que realment necessitava era aire. Aire glaçat. Em bullien les galtes, com si se m'estiguessin cremant. Em sentia com si m'acabessin de clavar una bufetada. Per la finestra del passadís vaig veure que ara sí que nevava amb ganes, i una part de mi va desitjar sortir corrents d'allà i marxar patinant pel gel.

¿Així és com em veuen els altres? ¿Com una falsa i una hipòcrita? ¿O era només la mala bava de la Ximena?

«Ets molt més simpàtica amb ells quan hi ha els profes al davant. Et tenen clissadíssima!»

¿Era veritat? ¿Em tenien clissadíssima? O sigui, ¿alguna vegada havia sigut especialment simpàtica amb l'Auggie Pullman perquè sabia que al senyor Culet li arribaria que estava sent una bona companya de benvinguda? Potser sí. No ho sabia.

Però, encara que fos així, almenys jo puc dir que vaig ser simpàtica amb ell! Que ja és molt més del que pot dir la majoria! I molt més del que pot dir la Ximena! Encara me'n recordo d'aquell dia que li va tocar fer parella amb l'Auggie a classe de dansa i feia una cara que semblava que estigués a punt de vomitar. Jo no li he fet mai una cosa així, a l'Auggie!

D'acord, potser sí que sóc una mica més simpàtica amb l'Auggie quan hi ha els profes a prop. ¿I això és tan greu?

¿Que em tenien clissadíssima? ¿I això què volia dir? ¿Qui em tenia clissadíssima? ¿La Savanna? ¿L'Ellie? ¿Era allò, el que deien de mi? ¿Era allò, el que comentaven el dia abans al menjador, quan cantava tant que estaven parlant de mi que fins i tot a l'Abril –que no pesca mai aquestes coses– li va saber greu?

Durant tot aquell temps havia donat per fet que la Ximena Chin no sabia ni qui era jo, i ara resultava que «em tenien clissadíssima». Més del que jo voldria.

Com vaig tenir la primera sorpresa del dia

Quan vaig tornar a entrar a la sala d'assaig la senyora Atanabi s'estava acabant de treure les múltiples capes de roba d'abric que portava. Havia deixat escampats per terra l'abric, la bufanda i el jersei, que estaven tan plens de neu que ho havien deixat tot moll.

–Mare de Déu Senyor! Mare de Déu Senyor! –deia una vegada i una altra, ventant-se amb les mans–. Ara sí que neva de veritat.

Es va deixar caure sobre la banqueta del piano que hi havia davant de l'escenari per recuperar l'alè.

–Mare de Déu Senyor! Amb la ràbia que em fa no arribar a l'hora!

Vaig veure que la Ximena i la Summer intercanviaven una mirada de complicitat.

–Quan era petita –va continuar la senyora Atanabi amb aquell parlar que té ella de cotorra que tant agrada a alguns i que segons els altres fa que sembli una sonada– la meva mare solia fer-nos pagar a mi i a la meva germana un dòlar cada cop que arribàvem tard per fer el que fos. Cada cop que feia tard, literalment –encara que només fos a sopar–, havia de pagar a la meva mare un dòlar! –Es va posar a riure i va començar a refer-se el monyo mentre continuava parlant amb un parell de passadors entre les dents–. I quan tens una setmanada de tres dòlars, aprens a organitzar-te el temps! Per això estic educada per no suportar la manca de puntualitat.

–Ja, però tot i així –va comentar la Ximena, fent un dels seus somriures–, avui sí que ha fet tard. Potser hauria de posar un dòlar, a partir d'ara.

–Ha ha ha –va riure la senyora Atanabi de bon grat, sacsejant els peus per treure's les botes–. Tens raó, he fet tard, Ximena! I de fet no és mala idea, això que dius. Potser que us doni un dòlar a cadascuna!

La Ximena va riure, pensant-se que era una broma.

–¿Saps què? –va continuar la senyora Atanabi, tot agafant el moneder–. Que em sembla que us donaré un dòlar a cadascuna cada cop que arribi tard a l'assaig. A partir d'avui mateix! Així m'obligaré a arribar a l'hora.

La Summer em va mirar perplexa. Començàvem a veure que la senyora Atanabi, que ja tenia el moneder a la mà, ho deia seriosament.

–No, senyora Atanabi! –va fer la Summer remenant el cap–. No cal que ho faci, això.

–Ja ho sé! Però ho vull fer igualment –va replicar la senyora Atanabi amb un somriure–. Això sí, amb una condició: jo em comprometo a donar-vos un dòlar cada cop que arribi tard a un assaig si vosaltres us comprometeu a donar-me'n un a mi cada cop que feu tard.

–¿Ja ho pot fer, això? –va preguntar la Ximena, incrèdula–. Vull dir acceptar diners d'una alumna.

Jo estava pensant el mateix.

–¿Per què no? –va respondre la senyora Atanabi–. Aneu a una escola privada. Us ho podeu permetre! Més que jo i tot, segurament. –Aquesta última part la va dir en un murmuri. I després va començar a riure com una desesperada.

La senyora Atanabi és famosa per riure's dels seus propis acudits. Al final t'hi acostumes...

Va treure's tres bitllets nous de trinca de la cartera i els va aixecar perquè els veiéssim.

–¿Què? ¿Què me'n dieu, noies? –va dir–. ¿Quedem així?

La Ximena ens va mirar a totes dues.

–Jo sé que no faré mai tard –ens va dir.

–Jo tampoc faré mai tard –va dir la Summer.

Jo em vaig arronsar d'espatlles, incapaç encara de mirar la Ximena als ulls.

–Ni jo –vaig dir.

–Doncs així quedem enteses! –va dir la senyora Atanabi venint cap a nosaltres.

–Per vostè, *mademoiselle* –va dir a la Ximena allargant-li un bitllet nou de trinca.

–*Merci* –va fer la Ximena llançant-nos un somriure que jo vaig fer que no veia.

Llavors la senyora Atanabi va venir cap a mi i la Summer.

–Per tu, i per tu –va fer allargant-nos un bitllet a cadascuna.

–Que Déu beneeixi Amèrica –vam dir totes dues alhora.

«Un moment. ¿Què?»

Ens vam mirar amb la boca i els ulls molt oberts. De cop i volta tot el que havia passat durant l'última mitja hora ja no tenia cap importància... Si el que jo creia que acabava de passar efectivament acabava de passar.

–¿L'home de l'acordió? –vaig murmurar, emocionadíssima.

La Summer va ofegar un crit i va fer que sí tota contenta.

–L'home de l'acordió!

Com vam anar a Nàrnia

És curiós com pots conèixer algú de tota la vida i en realitat no coneixe'l gens. M'havia passat tot aquell temps vivint en un univers paral·lel al de la Summer Dawson, una nena molt simpàtica que conec des d'infantil i que sempre he pensat que s'assemblava a la fada Lavanda. Però en el fons no havíem sigut mai amigues amigues. I no per cap motiu especial. Havia anat així i prou. De la mateixa manera que l'Ellie i jo estàvem destinades a ser amigues perquè la senyoreta Diamond ens va fer seure de costat el primer dia d'escola, la Summer i jo estàvem destinades a no coneixe'ns bé perquè no havíem anat mai a la mateixa classe. Excepte per Educació Física, Natació, el moment de passar llista, els concerts i aquestes coses, a primària els nostres camins no s'havien trobat mai. Les nostres mares es coneixien però no eren amigues, així que no quedàvem mai per jugar. Sí que un any la vaig invitar a la meva festa d'aniversari de les Flower Fairies, però va ser només perquè l'Ellie i jo trobàvem que era clavada a la fada Lavanda! I esclar, havíem coincidit en alguna festa de pijames d'algú altre o en algun aniversari a la pista de bitlles i aquestes coses. A Facebook érem amigues. Teníem un munt d'amistats en comú. Érem supercordials l'una amb l'altra.

Però mai havíem sigut amigues.

Per això, quan va dir «Que Déu beneeixi Amèrica», gairebé em va fer la impressió com si ens acabéssim de conèixer en aquell moment. Imagina't que descobreixes que hi ha una altra persona al món que sap un secret que només sabies tu! Va ser com si de cop i volta aparegués un pont invisible que ens connectés totes dues. O com si haguéssim ensopegat amb una porteta diminuta al fons d'un armari i un faune que tocava l'acordió ens hagués donat la benvinguda a Nàrnia.

Com vaig tenir la segona sorpresa del dia

Abans que la Summer i jo tinguéssim temps de dir-nos res sobre l'home de l'acordió, la senyora Atanabi es va espolsar les mans i va dir que era hora d'«anar per feina». Com que només ens quedava mitja hora d'assaig, ens la vam passar escoltant com la senyora Atanabi ens feia un resum de la coreografia alhora que anava mirant periòdicament l'aplicació meteorològica del mòbil. De fet no vam ballar: tot just quatre passos bàsics i una mica per sobre com ens havíem de distribuir per l'escenari.

–Ja ens hi posarem el proper dia! –ens va assegurar–. Us prometo que no faré tard! Fins divendres! Abrigueu-vos! Vigileu tornant a casa!

–Adéu, senyora Atanabi.

–Adéu.

Així que va marxar, la Summer i jo vam anar l'una cap a l'altra com si fóssim imants, parlant totes dues alhora, emocionadíssimes.

–No m'ho puc creure, que sàpigues de qui parlo –vaig dir.

–Que Déu beneeixi Amèrica! –va fer ella.

–¿Tens idea del que li ha passat?

–No! I això que vaig estar preguntant per la zona i tot!

–Jo també! Ningú en sap res.

–Sembla que hagi desaparegut de la faç de la terra!

–¿Qui sembla que hagi desaparegut de la faç de la terra? –va preguntar la Ximena, mirant-nos tota encuriosida.

Suposo que amb l'escàndol i els crits que fèiem

semblava que acabés de passar alguna cosa importantíssima.

Com que jo encara mantenia les distàncies amb ella pel que havia passat abans, vaig deixar que respongués la Summer.

–Aquell home que tocava l'acordió a Main Street! –va dir la Summer–. Davant de l'A&P del carrer Moore! Que sempre era allà amb la seva gossa pigall! Segur que l'has vist alguna vegada. Quan li deixaves caure un bitllet a dins de l'estoig de l'acordió, deia: «Que Déu beneeixi Amèrica.»

–Que Déu beneeixi Amèrica –vaig fer jo a cor, al mateix temps.

–Era allà des de sempre, però fa un parell de mesos de cop i volta va desaparèixer.

–I ningú sap què se n'ha fet! –vaig afegir–. És com un misteri.

–Un moment, ¿esteu parlant d'un sense sostre? –va preguntar la Ximena fent aquella cara de fàstic que fa de vegades la Savanna.

–De fet no ho sé, si és un sense sostre, el Gordy –va respondre la Summer.

–¿Saps com es diu? –vaig preguntar jo molt sorpresa.

–Sí –va fer ella amb tota naturalitat–. Gordy Johnson.

–¿I com és que ho saps?

–Ai, no ho sé... El meu pare sempre parlava amb ell –va respondre, arronsant-se d'espatlles–. El Gordy era un veterà de guerra, i el meu pare, com que era *marine*, sempre estava igual: «Aquest senyor és un heroi, Summer. Va servir el seu país.» De vegades anant a escola li portàvem cafè i un *bagel*. La meva mare li va regalar la parca del meu pare.

–Un moment, ¿era una Canada Goose taronja? –vaig exclamar assenyalant-la amb el dit.

–Sí! –va fer ella tota contenta.

–Me'n recordo, d'aquesta parca! –vaig cridar agafant-li les mans.

–Mare de Déu, esteu penjadíssimes, ties! –va fer la

Ximena, rient–. ¿Tot això per un sense sostre amb una parca taronja?

La Summer i jo ens vam mirar.

–És una mica difícil d'explicar –va dir la Summer.

Però jo notava que ella sentia el mateix que jo: una connexió total entre totes dues. Un lligam. Era la nostra versió particular del Big Bang.

–Déu meu, Summer! –vaig exclamar agafant-li el braç–. Potser el podríem localitzar! Podríem esbrinar on és i anar a veure si es troba bé! Si tu saps com es diu, potser el trobem!

–¿Tu creus? –va preguntar la Summer amb aquella mirada que fa quan està supercontenta, que sembla que li ballin els ulls–. Em faria molta il·lusió!

–Ei, ei, un moment –va intervenir la Ximena fent que no amb el cap–. Ties, ¿m'ho dieu de debò? ¿Voleu intentar localitzar un sense sostre que no coneixeu de res, com qui diu?

Semblava que no es pogués creure el que estava sentint.

–Sí –vam dir totes dues mirant-nos felices.

–¿I que no us coneix de res a vosaltres, tampoc?

–A mi sí que em reconeixerà –va dir la Summer, molt convençuda–. Sobretot quan li digui que sóc la filla del sergent Dawson.

–¿I a tu et reconeixerà, Charlotte? –em va preguntar la Ximena empetitint els ulls, com si ho dubtés.

–Esclar que no –vaig saltar jo de seguida, només per fer-la callar–. És cec, burra!

Va ser dir allò i es va fer el silenci. Fins i tot el radiador, que no havia parat de fer soroll, va callar de cop. Com si la sala d'assaig volgués sentir bé l'eco de les meves paraules en l'aire.

«És cec, burra.» «És cec, burra.» «És cec, burra.»

Una altra glopada de paraules que m'havia sortit a raig, com si l'hagués vomitat. Semblava que estigués fent esforços perquè la Ximena m'odiés!

Vaig pensar que s'hi tornaria amb un dels seus comentaris punyents i que tornaria a sentir una mena de mà invisible girant-me la cara d'una bufetada.

Però en lloc d'això, davant la meva estupefacció, va començar a riure.

La Summer també es va posar a riure.

–És cec, burra –va dir, imitant exactament el to amb què ho havia dit jo.

–És cec, burra! –va repetir la Ximena.

No podien parar. Jo crec que la cara d'horror que feia jo encara els feia riure més. Cada cop que em miraven, reien més fort.

–Perdona, no et volia dir això, Ximena –vaig fer jo de seguida, amb un fil de veu.

La Ximena va fer que no amb el cap mentre s'eixugava el ulls amb el palmell de la mà.

–No passa res –va respondre, intentant asserenar-se–. Potser m'ho mereixia!

Ho va dir sense ni una gota de sarcasme en el to. Somrient.

–Ei, jo tampoc pretenia insultar-te, abans –va afegir–. Sobre allò que he dit de l'Auggie. Ja sé que no ets simpàtica amb ell només davant dels professors. Sento haver-te dit allò.

No m'ho podia creure, que s'estigués disculpant.

–No, no passa res –vaig balbucejar jo.

–¿De debò? –va fer ella–. No vull que estiguis enfadada amb mi.

–No ho estic.

–De vegades puc arribar a ser molt imbècil –va dir com si ho sentís de veritat–. Però de debò que m'agradaria que fóssim amigues.

–D'acord.

–Ohhhhh! –va fer la Summer obrint els braços–. Vinga, noies. Abraçada de grup.

Ens va embolicar amb les seves ales de fada i, durant uns instants, ens vam ajuntar totes tres en una incòmoda abraçada que es va allargar un pelet massa i que va acabar amb més rialles encara. Aquest cop jo també reia.

Aquesta va resultar ser la sorpresa més gran del

dia. No va ser descobrir que la gent em tenia clissadíssima. Ni que la Summer sabia el nom de l'home de l'acordió.

Sinó que la Ximena Chin, sota totes aquelles capes i capes i capes de sarcasme i malícia, podia arribar a ser fins i tot dolça. Quan no anava amb mala bava.

Com ens vam anar coneixent millor

Les setmanes següents van passar volant! Van ser una mena de batibull accelerat de nevades, assajos de dansa, projectes de ciències, exàmens per als quals s'havia d'estudiar, i a més a més, l'intent de resoldre el misteri de què li havia passat al Gordy Johnson. (Més endavant ampliarem la informació sobre això.)

La senyora Atanabi va resultar ser una mica sergent! Encantadora, amb aquell posat tan graciós i desmanegat que té ella, però superexigent. Per ella mai no practicàvem prou. Vinga a repetir i repetir i repetir. *En pointe*! Espatlles! Malucs! Ballet clàssic!

Dansa moderna! Una miqueta de jazz! Claqué no! Atenció al compàs! Mitja punta! I tot executat com a ella li agrada, perquè hi ha un munt de coses que les vol a la seva manera. Que són com una obsessió. Els balls en si no eren difícils. El *twist*. El *monkey*. El *watusi*. El *pony*. El *hitchhike*. El *swim*. El *hucklebuck*. El *shingaling*. El que costava era fer-ho exactament com ella volia que ho féssim. Ballant-los com a part d'una coreografia molt àmplia. I fer-ho sincronitzades entre nosaltres. Això és el que més vam haver de treballar. Com fèiem anar els braços, com fèiem petar els dits. Com fèiem l'*en-dehors*. Com saltàvem. Vam haver pencar de valent per aprendre a ballar igual, i no només juntes.

El ball que ens va donar més feina va ser el *shingaling*. Era la peça central de tota la coreografia de la senyora Atanabi, el que servia per fer la transició d'un estil a l'altre. Però hi havia tantes variacions –el llatí, el de *rhythm and blues*, el *funk*–, que costava no fer-se un embolic. La senyora Atanabi era molt perepunyetes amb això! Era curiós que pogués arribar a ser tan poc formal amb segons quines coses –no va arribar mai a cap assaig a l'hora– i tan estricta amb segons quines altres... Pobra de tu si feies un *chassé* en diagonal en lloc d'un *chassé* de costat! Bua! Perill! Podia ser la fi del món!

No dic que la senyora Atanabi fos antipàtica. Les coses com siguin: era supersimpàtica. Si hi havia una nova rutina que ens costava, sempre ens animava: «Pam a pam, noies! Tot comença amb un petit pas de no res!» I si no, després d'un assaig especialment intens, ens portava *brownies*. O, si plegàvem tard de l'assaig, ens acompanyava a casa amb cotxe. També ens explicava coses divertides dels altres profes. O històries seves personals. Com ara que s'havia criat en una barriada. Que alguns amics seus havien anat pel mal camí. Que mirar *American Bandstand*[1] li ha-

1. Concurs televisiu de ball en què els participants eren adolescents. Es va estrenar a finals dels anys cinquanta i es va mantenir en pantalla durant més de deu anys. (*N. de la t.*)

via salvat la vida. Que havia conegut el seu marit, també ballarí, actuant amb el Cirque du Soleil al Quebec. «Ens vam enamorar fent arabescos en una corda fluixa penjada dels aires.»

Però tot plegat era un no parar. A la nit, quan em ficava al llit, tenia tanta informació voltant-me pel cap! Trossos de cançons. Coses que havia de memoritzar. Equacions de mates. Llistes de coses pendents. La senyora Atanabi, dient amb aquell accent seu de l'est de Harlem tan suau: «*It's the shingaling, baby*!» Hi havia vegades que em posava el coixí a sobre només per sufocar la xerrameca del meu cervell.

Però m'ho estava passant pipa. No hauria canviat res, de tot allò. Perquè el millor de tota aquella bogeria d'assajos, del perfeccionisme de la senyora Atanabi i de tot plegat –i ara no voldria semblar cursi–, era que la Ximena, la Summer i jo estàvem començant a coneixe'ns. D'acord, sona molt cursi. Però és la veritat! Escolteu, no estic pas dient que ens féssim amigues íntimes ni res d'això. La Summer continuava anant amb l'Auggie. La Ximena continuava anant amb la Savanna. Jo continuava jugant als punts amb l'Abril. Però ens estàvem fent amigues. Amigues amigues.

La mala llet de la Ximena, per cert, era tot façana. Una cosa de la qual es podia desprendre quan ella volia. Com una bufanda que portes embolicada al coll fins que et comença a picar. Quan era amb la Savanna, portava la bufanda. Amb nosaltres, se la treia. Això no treu que, quan ella hi era, encara hi hagués algun moment que em continuava posant nerviosa! Ostres tu! El primer cop que va venir a casa meva! Jo estava com un flam! Estava tan nerviosa per si la meva mare em posava en algun compromís! Per si els animalons de peluix que tenia al llit eren massa roses! Pel pòster de *Big Time Rush* que tenia a l'habitació! Per si la meva gossa, la Suki, se li feia pipí a sobre!

No cal dir que tot va anar superbé! La Ximena va ser supersimpàtica. Va dir que li molava molt la meva habitació. Es va oferir a rentar els plats després de sopar. Va fer broma amb una foto especialment divertida de quan jo tenia tres anys però amb raó, perquè semblava ben bé un titella d'aquells que es fan amb un mitjó! Aquella tarda, en un moment donat, tot i que no sé ni quan va ser, vaig deixar de pensar «La Ximena Chin és a casa meva! La Ximena Chin és a casa meva!» i simplement vaig començar a passar-m'ho bé. Per mi va ser importantíssim, perquè va ser un punt d'inflexió. A partir d'aquí em vaig deixar de comportar com una imbècil quan hi havia la Ximena. Es van acabar les vomitades involuntàries. Segurament jo també em vaig treure la meva bufanda particular.

En fi, que el febrer va ser un mes intens però guai. A finals de mes ja anàvem cada tarda a casa meva després de plegar a ballar davant de les parets folrades de miralls, autocorregint-nos i sincronitzant els nostres moviments. Quan estàvem massa cansades o desanimades, sempre n'hi havia alguna que deia, imitant l'accent de la senyora Atanabi: «*It's the shingaling, baby!*» I això ens donava empenta per continuar.

De vegades ni tan sols practicàvem. De vegades ens posàvem còmodes a la sala d'estar davant la llar de foc i fèiem els deures juntes. O passàvem l'estona. I, alguna vegada, fins i tot ens posàvem a buscar el Gordy Johnson.

Com és que m'agraden més els finals feliços

Una de les coses que més trobo a faltar de ser petita és que, quan ets petita, totes les pel·lis que mires acaben bé. La Dorothy del *Màgic d'Oz* torna a Kansas. El Charlie es queda amb la fàbrica de xocolata. L'Edmund de *Les cròniques de Nàrnia* es redimeix. Tot això m'agrada. M'agraden els finals feliços.

Però, a mesura que et fas gran, de tant en tant comences a veure històries que no acaben bé. De vegades fins i tot acaben malament. Esclar que això fa que les històries siguin més interessants, perquè no saps com acabaran. Però al mateix temps fa una mica de por.

En fi, tot això ho dic perquè, com més buscàvem el Gordy Johnson, més conscient era que podia ser que aquella història no tingués un final feliç.

Vam començar la recerca simplement buscant el seu nom a Google. Però resulta que hi ha centenars de Gordy Johnson. Gordon Johnson. Gordie Johnson. Hi ha un músic de jazz famós que es diu Gordy Johnson (teníem la teoria que això podria explicar aquell rumor que havia sentit el senyor de l'òptica sobre el nostre Gordy Johnson). Hi ha polítics que es diuen Gordon Johnson. Treballadors de la construcció que es diuen Gordon Johnson. Veterans de guerra. Una pila de necrològiques. Internet no fa distincions entre els noms dels vius i els noms dels morts. Cada cop que clicàvem sobre algun d'aquells noms i vèiem que no era el nostre Gordy Johnson, respiràvem alleujades. Per molt trist que fos per al Gordy Johnson d'algú altre.

Al principi la Ximena no s'hi involucrava. Es quedava fent deures o enviant missatges al Miles en un racó de l'habitació, mentre la Summer i jo ens enganxàvem colze a colze a l'ordinador, passant pantalles i pantalles per anar a petar cada vegada a un carreró sense sortida. Fins que un dia va acostar la cadira i va començar a mirar per damunt de la nostra espatlla.

–¿I si ho provéssim amb imatges? –va suggerir.

I així ho vam fer. Un altre cop un carreró sense sortida. Però a partir d'aleshores la Ximena es va mostrar tan interessada per saber què se n'havia fet del Gordy Johnson com nosaltres.

Com vaig descobrir una cosa sobre l'Abril

Mentrestant, a l'escola el dia a dia seguia com sempre. Vam fer la fira de ciències. El Remo i jo vam treure un notable alt en el diorama de l'anatomia de la cèl·lula, molt més del que jo em pensava, tenint en compte que hi havia dedicat el temps just. La Ximena i la Savanna van fer un rellotge solar. Però el més interessant de tots potser va ser el de l'Auggie i el Jack. Era un llum que treia l'energia per funcionar d'una patata. Vaig suposar que l'Auggie devia haver fet la major part de la feina, perquè, les coses com siguin, el Jack no ha sigut mai un «estudiant especialment dotat». Però estava tan content d'haver tret un excel·lent. Estava tan mono!!! Com una emoticona entre mig contenta i mig despistada. ☺

I aquesta és la meva emoticona mirant-lo: 😍

Cap a finals de febrer, però, la guerra dels nois va anar a més. La Summer m'anava posant al corrent de tot el que passava, perquè ella tenia notícies de primera mà per l'Auggie i el Jack. Pel que es veia –i aquí vaig jurar que mantindria el secret–, el Julian havia començat a deixar uns Post-it amb missatges molt desagradables als armariets del Jack i de l'Auggie.

Em va saber tan de greu per ells!

A l'Abril també li sabia molt de greu. Tenia una mena d'obsessió amb allò de la guerra dels nois, i al principi jo no entenia per què. Total, no havia fet mai cap intent de fer-se amiga de l'Auggie! I sempre tractava el Jack com si fos tontet. Per exemple, quan érem petites i l'Ellie i jo dèiem que que mono que estava amb el barret de copa d'Artful Dodger, l'Abril es posava els dits a les orelles i posava els ulls guenyos, com si només de pensar-hi li fes fàstic. Per tant vaig suposar que el seu interès per aquella guerra tenia més aviat a veure amb el fet que, per més rareta que fos, l'Abril tenia bon cor.

Fins que un dia, a l'hora de dinar, veient-la concentradíssima fent una mena de llista, em vaig adonar de per què li importava tant. A la llibreta on dibuixa els jocs de punts tenia tres muntanyetes de Post-its amb els noms de tots els nois del curs i els estava classificant en tres columnes: bàndol del Jack, bàndol del Julian, i neutrals.

–Jo crec que al Jack li aniria bé saber que no està sol, en aquesta guerra –em va explicar.

Llavors hi vaig caure: «A l'Abril li agrada el Jack Will! Ohhhh, que mona!»

–Molt xulo –vaig respondre, perquè no se sentís cohibida.

I la vaig ajudar a acabar de classificar els noms. Sobre alguns dels neutrals ens va costar posar-nos d'acord, però al final em va fer cas. Llavors va copiar la llista en un full de paper, el va plegar per la meitat, després en quatre, després en vuit, i després en setze.

–¿Què en faràs?

–No ho sé –va respondre apujant-se les ulleres nas amunt–. No vull que caigui en males mans.

–¿Vols que l'hi doni a la Summer?

–Sí.

Així que li vaig donar la llista a la Summer perquè els hi donés al Jack i a l'Auggie. Em sembla que la Summer es devia pensar que l'havia fet jo, la llista, i jo no la vaig contradir, perquè com que havia ajudat l'Abril a fer-la vaig pensar que no passava res.

–¿Com va el ball? –em va preguntar l'Abril aquell mateix dia, amb aquell to pla que fa servir sempre.

Jo sabia que només estava intentant ser amable, perquè ni li anava ni li venia. Però això sí que ho tenia, almenys feia un esforç per mostrar-hi interès.

–De bojos! –vaig respondre mossegant l'entrepà–. La senyora Atanabi està com una cabra.

–Ha. La senyora Cabranabi –va dir l'Abril.

–Sí –vaig dir–. Bona, aquesta...

–És com si t'haguessis passat tot el mes de febrer hivernant! –va dir l'Abril–. Gairebé no se t'ha vist el pèl. Ja no tornes a casa amb nosaltres a l'hora de plegar.

Vaig fer que sí amb el cap.

–Ja ho sé. Últimament hem estat assajant, a l'hora de dinar. Però d'aquí a poc ja haurem acabat. Unes quantes setmanes més i ja està. El festival és el quinze de març.

–Cuida't de les idus de març –va dir.

–Sí! És veritat –vaig fer jo, tot i que no tenia ni idea de què em deia.

–¿Què? ¿Vols veure els dibuixos del meu ultimíssim joc de punts gegant?

–Esclar que sí –vaig respondre respirant fondo.

Va treure la llibreta i es va embrancar en una detallada explicació de per què havia deixat de fer servir fulls quadriculats per fer els punts i s'havia passat a uns dibuixos tipus pintura amb guix per crear murals, de manera que quan els punts estiguessin lligats entre ells, «quedaria un patró fluid i dinàmic». O alguna cosa per l'estil. La veritat és que em costava molt seguir la seva explicació. L'única cosa que vaig captar del tot va ser quan em va dir:

–Encara no he portat el joc nou a l'escola perquè vull estar segura que hi seràs tu per jugar-hi.

–Ah, molt bé –vaig fer jo rascant-me el cap. M'estava avorrint com una ostra, en aquell moment.

Va començar a dir no sé què més sobre jocs de punts i jo vaig fer un cop d'ull a la taula de la Summer per distreure'm una mica. El Jack, l'Auggie i ella estaven rient. Una cosa estava clara: no estaven parlant de jocs de punts! Hi havia moments que em sabia greu no tenir prou valor per anar-me'n a seure amb ells.

Llavors vaig mirar cap a la taula de la Savanna. Allà també reien i s'ho passaven bé. La Savanna. L'Ellie. La Gretchen. La Ximena. Estaven totes parlant amb els nois de l'altra banda de la taula: el Julian, el Miles, el Henry i l'Amos.

–¿Oi que és horrible? –va preguntar l'Abril, seguint la meva mirada.

–¿Qui, l'Ellie? –vaig preguntar jo, perquè era la persona que estava mirant en aquell moment.

–No. La Ximena Chin.

Vaig girar el cap per mirar l'Abril a la cara. Ja ho sabia, que odiava la Ximena, però, no sé per què, la manera com ho va dir, amb aquella ràbia, em va sorprendre.

–¿I què tens, en contra de la Ximena Chin? –li vaig preguntar–. La que va passar de nosaltres va ser l'Ellie, ¿no te'n recordes? I la que ens ha tractat malament és la Savanna.

–No és veritat –va replicar l'Abril–. A mi la Savanna sempre m'ha tractat bé. A primària quedàvem moltes vegades per jugar.

Jo vaig fer que no amb el cap.

–Sí, Abril –vaig dir–, però això de quedar per jugar no compta. La meitat de les vegades era perquè quedaven les mares. Ara ho decidim nosaltres, amb qui volem anar. I la Savanna ha decidit que no vol anar amb nosaltres. L'Ellie ha decidit que no vol anar amb nosaltres. Igual com nosaltres hem decidit que no volem anar amb segons qui. No passa res. Però tot plegat és evident que no és culpa de la Ximena Chin.

L'Abril va observar atentament la taula de la Savanna mirant per damunt de les ulleres. Me la vaig mirar i em vaig adonar que encara tenia la mateixa cara que a infantil, quan jugàvem a picar una pilota lligada d'una post a l'hora del pati o buscàvem fades pel parc al capvespre.

En molts aspectes l'Abril no havia crescut, des d'aleshores. Tenia pràcticament la mateixa cara, les mateixes ulleres, els mateixos cabells. Esclar que ara era més alta. Però, per la resta, estava pràcticament igual. Sobretot les expressions de la cara. Eren clavades.

–No, l'Ellie també em tractava bé –va replicar, molt segura del que deia–. Igual que la Savanna. Jo crec que la culpa de tot la té la Ximena Chin.

Com és que al febrer també vam fer calaix

A finals de febrer havíem recollit trenta-sis dòlars!

La senyora Atanabi havia arribat tard a tots els assajos.

A tots.

Sense excepció.

Tant és així que ja arribava a l'assaig amb tres bitllets d'un dòlar nous de trinca a la mà per donar-nosels. Apareixia, començava a parlar, ens donava els diners sense fer cap mena de comentari, i començava la classe de dansa! Gairebé era com si pagués entrada.

Com si fos el que costava entrar per aquella porta. Era molt graciós!

Tot i així, a mitjans de mes ella mateixa va suggerir augmentar el preu de la multa per arribar tard d'un dòlar a cinc dòlars. Així, ens va assegurar, segur que d'ara endavant no tornaria a arribar tard.

Però, per descomptat, tampoc va funcionar. I ara, en lloc d'arribar a l'assaig amb els bitllets nous de trinca d'un dòlar ja a punt a la mà, arribava amb bitllets de cinc dòlars nous de trinca i ens els ficava a la motxilla, al costat de la porta, sense dir ni piu. El preu de l'entrada.

Fuf. Fuf. Fuf.

–Que Déu beneeixi Amèrica.

Ara ja ho deia fins i tot la Ximena.

Com la Ximena va fer una troballa

Ascension transcendeix

Per Melissa Crotts, NYT *MuseTech*, febrer 1978

Ascension, amb el seu debut mundial al Nelly Regina Theater, és l'impressionant debut de la coreògrafa Petra Echevarri, acabada de graduar a Juilliard[2] i guardonada amb el Princesa Grace de Mònaco. A part d'una reinterpretació captivadora dels balls de moda dels seixanta –vistos a través de la mirada en

2. Un dels conservatoris d'arts escèniques més prestigiosos del món, situat a Nova York. (*N. de la t.*)

Kodachrome de la infantesa de l'autora en un suburbi de Nova York–, aquest muntatge és un fascinant i alegre homenatge al so de llauna dels apegalosos i aviat perduts en l'oblit àlbums de la dècada. Ple de salts que tallen la respiració i de passos innovadors que contrasten amb la formació clàssica d'Echevarri, l'espectacle agafa un ball en particular, el *shingaling*, i crea tot un relat visual a través del qual es teixeix tota la resta de l'obra.

«La raó per la qual vaig triar el *shingaling* com a peça central d'aquest muntatge», explica Echevarri, «és que es tracta de l'única moda de ball d'aquell temps que realment va anar evolucionant amb els anys per reflectir els estils musicals i els gèneres dels músics i els ballarins que l'interpretaven. Hi ha molts tipus de *shingaling*: llatí, *soul*, *rhythm-and-blues*, *funk*, psicodèlic i *rock-and-roll*. És l'únic ball que es creua amb tots els gèneres. El fil que els uneix.»

«Vaig créixer durant els anys seixanta i la música ho era tot, per mi i els meus amics. No tenia diners per fer classes de dansa. L'*American Bandstand* va ser el meu professor. Practicava amb els èxits de ball de l'època.»

Echevarri no va començar a estudiar dansa formalment fins als dotze anys, però, un cop s'hi va posar, ja no hi va haver marxa enrere. «Vaig començar arts escèniques i d'aquí a la Juilliard», explica Echevarri. «Sabia que ho podia fer, que podia desafiar els pronòstics. Cap dels meus amics del barri ho va aconseguir. No és fàcil, sortir de segons quins barris.»

Quan li pregunto per què va triar el *shingaling* com a tema principal de l'espectacle, Echevarri es posa nostàlgica. «Fa un parell d'anys, un mes abans de graduar-me a la Juilliard, més o menys, vaig anar al funeral d'una amiga de la infància, una de les nenes que solia venir a casa meva a veure *Bandstand*. Feia anys que no la veia, però m'havien dit que no estava bé, que anava amb males companyies. Bé, el cas és que la seva mare em va veure al funeral i em va dir que la seva filla m'havia fet un regal, un regal de graduació. Poc que m'imaginava el que era!»

Echevarri m'ensenya una cinta de casset: «Aquella noia m'havia gravat una casset amb totes les cançons de *shingaling* de la nostra infantesa. Totes. "Chinatown", de Justi Barreto, "Shingaling Shingaling", de Kako i la seva orquestra. "Shugar, Let's Shing-A-Ling", de Shirley Ellis. "I've Got Just the Thing", de Lou Courtney. "Shing-A-Ling Time, Baby!", de les Liberty Belles. "El Shingaling", dels Lat-Teens. "Shing-A-Ling!", d'Arthur Conley. "Shing-A-Ling", d'Audrey Winters. "Nobody but Me", de Human Beinz. Una llista de títols increïble. N'hi ha que no sé com s'ho devia fer per gravar-los. Però quan vaig sentir aquelles cançons vaig saber que muntaria una coreografia estructurada al voltant d'aquell material.»

Les tres ballarines, totes acabades de graduar a la Juilliard, aporten un llenguatge particular al muntatge, transportant l'espectador a un experiència alhora alegre i vital que fuig del sentimentalisme apegalós.

Aquesta absència d'artificiositat es deu tant al muntatge musical, en què les cançons es van entrellaçant subtilment, com al commovedor relat d'Echevarri. Dansa moderna en la seva màxima expressió.

Com vam parlar per sms

Dijous 21.18

Ximena Chin

Ties, ¿heu vist l'article que us he enviat per email?

Charlotte Cody

Ostres! ¿De debò que és la Sra. Atanabi?

Ximena Chin

:) ;-0 Quina passada, ¿oi?

Charlotte Cody

¿N'estàs segura? ¿Qui és Petra Echevarrrrarara?

Ximena Chin

És el nom de soltera. És ella! Creu-me! Aquest vespre, avorrida de buscar el Gordy Johnson a Google, he començat a buscar Petra Atanabi.

Summer Dawson

Acabo de llegir l'article. Increïble! És el ball que estem fent NOSALTRES!!!! Ascensió!

Ximena Chin

Ja ho sé! Flipant!

Charlotte Cody

Que jove i que guapa que surt, a la foto.

Summer Dawson

Quin detall, Ximena!

Ximena Chin

?????

Summer Dawson

Que estiguessis buscant el Gordy Johnson.

Ximmena Chin

Ja, bé... ara jo també hi tinc curiositat. Vull saber ja què li ha passat!

Charlotte Cody

No us ho hauria de dir, però la meva mare creu que potser és...

Summer Dawson

Oh no!!! Em sembla que la meva mare tb.

Ximena Chin

Ho sento, ties, però potser tenen raó... ?????

Charlotte Cody

¿RIP Gordy Johnson?????☹

Summer Dawson

Noooooo!!!!!

Charlotte Cody

Jo no m'ho krek.

Summer Dawson

Ni jo.

Ximena Chin

Doncs no he dit res.

Summer Dawson

¿Havies dit res?

Charlotte Cody

😌😌😌😌😌

Ximena Chin

Canviant completament de tema, ¿voleu venir a dormir a casa meva demà a la nit?

Charlotte Cody

Sí. Espereu que ho vaig a preguntar a la meva mare. Ara torno.

Summer Dawson

Pot ser divertit. ¿Només nosaltres tres?

Ximena Chin

Sí. ¿A les sis?

Summer Dawson

Ok

Charlotte Cody

La meva mare diu que ok si hi són els teus pares.

Ximena Chin

Esclar.

Charlotte Cody

Un dels meus progenitors, que en aquest moment està envaint el meu espai personal i llegint els meus missatges per sobre de la meva espatlla, vol que acabi de fer els deures, així que us deixo. Fins dm. Nanit.

Summer Dawson

Nanit!

Ximena Chin

Fins dm. Estic impacient! Muà muà.

Com vam anar a casa de la Ximena Chin

Era la primera vegada que anàvem a casa de la Ximena. Fins aleshores sempre havíem anat a casa meva o de la Summer.

La Ximena vivia en un d'aquells gratacels de luxe de l'altra banda del parc. Era un edifici amb porter, molt diferent dels pisos de North River Heights als quals jo estava acostumada, la majoria d'obra vista o edificis baixos que tenien més de cent anys. El pis de la Ximena era hipermodern. Entraves directament amb l'ascensor a dins de casa.

–Hola! –ens va dir la Ximena, que ens estava esperant al rebedor.

–Hola! –vam dir nosaltres.

–Uau, que maco! –va dir la Summer mirant al seu voltant, tot deixant caure el sac de dormir a terra–. ¿Ens hem de treure les sabates?

–Sí, sisplau –va dir la Ximena mentre ens agafava els abrics–. Que fort que estigui nevant un altre cop.

Jo vaig deixar el meu sac al costat del de la Summer i em vaig treure les UGG. Va sortir una dona que no havia vist mai de la sala d'estar.

–Us presento la Luisa –va dir la Ximena–. Són la Summer i la Charlotte. La Luisa és la meva cangur.

–Hola –vam fer totes dues.

La Luisa ens va somriure.

–Encantada de coneixe-us –va dir en un anglès vacil·lant. Després va afegir alguna cosa en espanyol parlant molt ràpid amb la Ximena i ella li va respondre fent que sí amb el cap i dient «gracias».

–¿Parles espanyol? –li vaig preguntar jo, molt sorpresa, mentre seguíem la Ximena cap a cuina.

Es va posar a riure.

–¿No ho sabíeu? Sí Ximena és un nom espanyol! ¿Voleu alguna cosa per beure?

–Jo em pensava que era xinès –vaig respondre, amb tota sinceritat–. Per mi, aigua.

–Per mi també –va dir la Summer.

–El meu pare sí que és xinès –va dir mentre omplia dos gots d'aigua amb el dispensador de la porta de la nevera–. Però la meva mare és espanyola. De Madrid. Que és on vaig néixer jo.

–¿De debò? –vaig dir–. Que guai.

Ens va posar els gots d'aigua al davant mentre la Luisa ens portava una safata amb coses per picar.

–Muchas gracias! –li va dir la Summer.

–Muchas gracias! –la vaig imitar jo, amb el meu accent americà.

–Que mones que sou –va dir la Ximena, ficant un palet de pastanaga a dins d'un potet amb hummus.

–¿Així et vas criar a Madrid? –vaig preguntar.

A part de ballar, i els cavalls, i *Els Miserables*, la cosa que més m'agrada del món és viatjar. No és que hagi viatjat gaire, encara. De moment només he anat a les Bahames, a Florida i a Mont-real... Però els meus pares sempre diuen que algun dia ens portaran a Europa. I tinc pensat ser una viatgera professional, quan deixi de ser una estrella de Broadway.

–No, no em vaig criar allà –va respondre la Ximena–. És a dir, hi vaig tots els estius (excepte l'estiu passat, que em vaig quedar aquí a fer l'intensiu de dansa), però no m'hi vaig criar. Els meus pares treballen per les Nacions Unides, així que m'he criat una mica pertot arreu. –Va mossegar un trosset de pastanaga. Crec crec.– Dos anys a Roma. I abans vam viure a Brussel·les. Quan tenia uns quatre anys, vam viure un any a Dubai, però no me'n recordo gens.

–Apa! –va dir la Summer.

–Com mola! –vaig fer jo.

La Ximena va tamborinar el got amb el qual estava bevent amb el palet de pastanaga.

–No està malament –va dir–. Però de vegades també és dur. Tant canviar de lloc. Sempre sóc la nova de la classe.

–Això és veritat –va fer la Summer, comprensiva.

–Però he sobreviscut –va respondre la Ximena, sarcàstica–. No em queixo. –Va mossegar un altre trosset de pastanaga.

–¿Així parles altres llengües? –vaig preguntar.

En lloc de respondre, com que tenia la boca plena, va aixecar tres dits i mig. I després d'empassar, va precisar:

–Anglès, perquè sempre he anat a escoles americanes, espanyol, italià i una miqueta de mandarí, per la meva àvia.

–Com mola! –vaig fer jo.

–No pares de dir «Com mola» –va dir la Ximena.

–Sí, i això sí que no mola –vaig replicar jo.

Es va posar a riure.

La Luisa va venir i li va preguntar alguna cosa a la Ximena.

–La Luisa em pregunta què us ve de gust per sopar –va traduir la Ximena.

La Summer i jo ens vam mirar.

–Qualsevol cosa –va dir la Summer, tota educada, mirant la Luisa–. No s'hi amoïni.

La Luisa va arquejar les celles i va somriure mentre la Ximena l'hi traduïa. En acabat va allargar el braç i li va pessigar la galta a la Summer afectuosament.

–Qué muchachita hermosa! –va dir. I llavors em va mirar a mi:– Y esta se parece a una muñequita.

La Ximena es va posar a riure.

–Diu que ets molt guapa, Summer. I que tu, Charlotte, sembles una nineta.

Vaig mirar la Luisa, que somreia i feia que sí amb el cap.

–Ostres! –vaig fer–. Moltes gràcies.

Llavors se'n va anar a començar a fer el sopar.

–Els meus pares arribaran cap a les vuit –ens va

anunciar la Ximena fent-nos un gest amb la mà perquè la seguíssim.

Ens va ensenyar la resta del pis, que semblava sortit d'una revista. Tot era blanc. El sofà. La catifa. Fins i tot hi havia una taula de ping-pong blanca a la sala d'estar. Jo estava una mica nerviosa perquè sóc bastant desastre –de fet sóc famosa per la meva poca traça–, i em feia por fer caure alguna cosa sense voler.

Vam agafar el passadís i vam anar cap a l'habitació de la Ximena, que devia ser l'habitació més gran que havia vist en ma vida (sense comptar les de matrimoni). En devia fer quatre com la meva, i això que jo la compartia amb la Beatrix.

La Summer es va posar ben bé al mig i va fer un gir de 360 graus a poc a poc per assimilar-ho tot.

–Ei, aquesta habitació és tan gran com tota la sala d'estar de casa meva i la cuina –va comentar.

–Uau –vaig exclamar jo avançant cap als finestrals, que anaven del terra fins al sostre–. Es veu l'Empire State Building, des d'aquí!

–És el pis més maco que he vist en ma vida! –va dir la Summer mentre s'asseia a la cadira de l'escriptori de la Ximena.

–Gràcies –va respondre la Ximena, fent que sí amb el cap i mirant al seu voltant. Semblava una mica incòmoda–. Ja, bé... Ens hi vam instal·lar a l'estiu, així que de moment encara no m'hi sento com a casa, però... –Es va deixar caure al llit.

La Summer va empènyer la cadira amb rodes fins al tauler de suro que hi havia darrere de la taula de la Ximena, completament cobert de petites fotografies, dibuixos, citacions i frases.

–Mira, un precepte del senyor Browne! –va dir, assenyalant un tros de paper amb el precepte de setembre del senyor Browne.

–És el meu profe preferit de tots els temps –va comentar la Ximena.

–El meu també –vaig dir jo.

–Quina foto tan maca de la Savanna i tu –va dir la Summer.

Vaig anar a veure a què es referia. Entremig de les desenes de petites fotos de persones de la vida de la Ximena, la majoria de les quals no reconeixíem, hi havia fotos tipus Fotomaton de la Ximena amb la Savanna, de la Ximena amb el Miles, de la Savanna amb el Henry i de l'Ellie amb l'Amos. Se'm va fer estrany veure allà penjada la foto de l'Ellie, ho haig de reconèixer. Com si la veiés des d'un altre angle. En realitat, havia canviat completament de vida.

–Necessito una foto de vosaltres dues per la meva paret –va dir la Ximena.

–Ostres, no! –va dir la Summer amb aquell parlar seu tan dolç de fada contrariada, assenyalant una de les fotos del tauler–. Ximena!

Vaig trigar un moment a adonar-me que l'«ostres, no!» no tenia res a veure amb el que acabava de dir la Ximena.

–Ai, ho sento! –va dir la Ximena, fent cara de culpabilitat.

En un primer moment no vaig entendre quin era

el problema, perquè només era la fotografia de grup de la classe. Fins que em vaig adonar que al damunt de la cara de l'Auggie hi havia un Post-it diminut amb un dibuixet d'una cara trista.

La Ximena va desenganxar el Post-it de la fotografia.

–Van ser la Savanna i companyia fent el burro per aquí –va dir per disculpar-se.

–És gairebé igual d'horrible que el que va fer la mare del Julian amb el Photoshop –va lamentar-se la Summer.

–Va ser fa molts dies. Ja no me'n recordava que hi era –va dir la Ximena. Estava tan acostumada a aquell clotet que se li feia a la galta esquerra, que ara ja sabia perfectament si feia broma o si parlava seriosament. I vaig veure que en aquell moment la seva expressió era de penediment.– Escolta, la veritat és que trobo que l'Auggie és increïble.

–Però no hi parles mai –li va retreure la Summer.

–Que no estigui còmoda a prop seu no vol dir que no el trobi increïble –va explicar la Ximena.

En aquell moment van picar a la porta. Era la Luisa amb un nen petit en braços que es notava que s'acabava de despertar de fer la migdiada. Devia tenir tres o quatre anys i era clavat a la Ximena en tot, excepte en una cosa: que era evident que tenia la síndrome de Down.

–Hola, Eduardito! –va dir la Ximena, amb un somriure lluminós. Va allargar els braços cap al seu germanet i la Luisa l'hi va donar perquè l'agafés–. Aquestes dues noies són les meves amigues. Mis amigas. Aquesta és la Charlotte, i aquesta és la Summer. Digues hola. Di hola.

Li va agafar la mà a l'Eduardito i ens va fer hola amb la mà. Nosaltres li vam tornar la salutació. L'Eduardito, que encara no s'havia despertat del tot, se'ns va quedar mirant mig endormiscat mentre la Ximena li omplia la cara de petons.

Com vam jugar a Veritat o Acció

–El dia que vaig saber que el meu pare s'havia mort –va dir la Summer.

Estàvem totes tres estirades a dins dels sacs, al terra de l'habitació de la Ximena. Els llums del sostre estaven apagats, però el llums vermells de Nadal que hi havia penjats per tota l'habitació tenyien les parets d'una resplendor rosada. Fins i tot els nostres pijames tenien un to rosat. I les nostres cares. Era la il·luminació perfecta per dir-se secrets i parlar de coses de les quals no parlaries mai a la llum del dia. Estàvem jugant a Veritat o Acció, i la carta de Veritat que havia agafat la Summer deia: «¿Quin ha sigut el pitjor dia de la teva vida?»

El meu primer impuls va ser tornar a deixar la carta i dir-li que n'agafés una altra. Però no semblava que li sabés greu respondre.

–Era a classe de la senyora Bob i van venir la mare i l'àvia a buscar-me –va continuar explicant fluixet–. Em vaig pensar que venien per dur-me al dentista, perquè aquell matí m'havia caigut una dent. Però així que vam entrar al cotxe, l'àvia va començar a plorar. I llavors la mare em va dir que acabaven de saber que el pare havia mort en combat. «Ara és al cel, el pare», em va dir. I llavors vam començar a plorar i a plorar a dins del cotxe. ¿Sabeu aquelles llàgrimes enormes que no hi ha manera d'aturar-les? –Mentre parlava no parava d'estirar la cremallera del sac de dormir, sense mirar-nos.– Vaja, que va ser el pitjor dia de la meva vida.

La Ximena va fer que no amb el cap.

–No em puc ni imaginar com deu ser que et passi una cosa així –va dir amb un fil de veu.

–Ni jo tampoc –vaig dir jo.

–De fet tinc com una mena de nebulosa –va respondre la Summer sense parar d'estirar la cremallera–. Del funeral, per exemple, no me'n recordo. No me'n recordo de res. L'única cosa que recordo d'aquell dia és un llibre il·lustrat sobre dinosaures que estava llegint. Hi havia una il·lustració d'un meteorit travessant el cel per damunt del cap dels triceratops. I recordo que vaig pensar que la mort del meu pare era com allò. Com l'extinció dels dinosaures. Un meteorit impacta contra el teu cor i ho canvia tot per sempre. Però tu segueixes aquí. I tires endavant.

Finalment va aconseguir desencallar la cremallera i la va apujar del tot per tancar el sac de dormir.

–Què hi farem... –va dir.

–Jo me'n recordo, del teu pare –vaig dir.

–¿Ah sí? –va fer, somrient.

–Era alt –vaig continuar–. I tenia una veu molt greu.

La Summer va fer que sí, contenta.

–La meva mare diu que totes les mares el trobaven guapíssim –vaig dir.

La Summer va obrir molt els ulls.

–Apa! –va exclamar.

Ens vam tornar a quedar callades uns segons, fins que la Summer va començar a posar bé la pila de cartes.

–Molt bé, ¿a qui li toca, ara? –va preguntar.

–Em sembla que a mi –vaig fer jo, mirant com voltava l'agulla.

Es va aturar a Veritat, i vaig agafar una carta de la pila de Veritat.

–Aquesta no té ni suc ni bruc –vaig fer abans de llegir-la en veu alta–: ¿Quin superpoder t'agradaria tenir i per què?

–És divertida –va dir la Summer.

–Volar, esclar –vaig respondre–. Així podria anar a tot arreu on volgués, voltar tot el món. Anar a tots els llocs on ha viscut la Ximena.

–Ostres, a mi em sembla que m'agradaria més ser invisible –va dir la Ximena.

–A mi no –vaig replicar jo–. ¿Per què? ¿Per sentir el que diuen de mi a la meva esquena? ¿I saber que tothom creu que sóc una falsa?

–Oh no! –va exclamar rient la Ximena–. No hi tornem!

–És broma!

–Ja ho sé! –va dir–. Però que consti en acta que ningú creu que siguis una falsa.

–Gràcies.

–Només una farsant.

–Ha!

–Però sí que et preocupes massa pel que els altres pensin de tu –va dir, una mica més seriosa.

–Ja ho sé –vaig respondre jo, igual de seriosa.

–Vinga, et toca a tu, Ximena –va dir la Summer.

La Ximena es va mirar l'agulla. Li va sortir Veritat. Va agafar una carta, la va llegir en silenci, i llavors va dir amb veu queixosa:

–Si poguessis sortir amb qualsevol noi de la teva escola, ¿quin seria? –va llegir en veu alta.

Es va tapar la cara amb la mà.

–¿Què? –vaig preguntar-li jo–. Amb el Miles, ¿no?

La Ximena es va posar a riure i a fer que no amb el cap, avergonyida.

–Apa! –vam fer la Summer i jo assenyalant-la amb el dit–. ¿Amb qui? ¿Amb qui?

La Ximena no parava de riure. Hi havia tan poca llum que feia de mal dir, però posaria la mà al foc que s'havia posat vermella.

–Si us ho dic, vosaltres també m'heu de dir de qui esteu penjades –va dir.

–No és just! No és just! –vaig protestar.

–Sí que ho és! –va insistir.

–D'acord!

–De l'Amos –va dir, sospirant.

–No pot ser! –va saltar la Summer, amb la boca superoberta–. ¿I l'Ellie ho sap?

–Esclar que no! –va dir la Ximena–. M'agrada i ja està. No passarà res. A més, passa completament de mi. N'està molt, de l'Ellie.

Hi vaig pensar un moment. Feia quatre mesos, l'Ellie i jo encara parlàvem del Jack. Llavors allò de tenir «nòvio» semblava una cosa superllunyana.

La Ximena em va mirar a mi.

–Em sembla que jo sé qui li agrada a la Charlotte... –va dir fent cantarella.

Jo em vaig tapar la cara.

–Gràcies a l'Ellie ho sap tothom –vaig dir jo.

–¿I tu què, Summer? –va dir la Ximena fent-li un copet a la mà.

–Sí, això mateix, Summer. ¿I tu què? –m'hi vaig afegir jo.

La Summer somreia i feia que no amb el cap.

–Vinga! –va insistir la Ximena, estirant-li el dit petit–. Bé hi deu haver algú.

–D'acord –va dir. I després d'un moment de dubte, va afegir–: El Reid.

–¿El Reid? –va fer la Ximena–. ¿Qui és el Reid?

–Ve a classe del senyor Browne amb nosaltres! –vaig respondre–. És un molt calladet que dibuixa taurons.

–No és gaire popular –va dir la Summer–. Però és molt maco. I jo el trobo molt mono.

–Aaaah! –va exclamar la Ximena–. Esclar que sé qui és el Reid, que burra! És una monada!

–¿Oi que sí? –va dir la Summer.

–Faríeu molt bona parella –va afegir la Ximena.

–Potser algun dia –va respondre la Summer–. De moment encara no vull sortir amb ningú.

–¿Per això no vas voler sortir amb el Julian? –va preguntar la Ximena.

–No vaig voler sortir amb el Julian perquè el Julian és un imbècil –va saltar de seguida la Summer.

–¿Però no era veritat, que et trobaves malament, oi, el dia de Halloween? –li va preguntar la Ximena–. A la festa de la Savanna...

La Summer va fer que no amb el cap.

–No, no em trobava malament.

La Ximena va assentir amb el cap.

–Ja m'ho vaig pensar.

–Molt bé, jo tinc una pregunta –vaig dir a la Ximena–. Però no és de les cartes.

–Ah! –va fer la Ximena arquejant les celles i somrient–. D'acord.

Vaig dubtar un moment:

–Molt bé. Quan dius que «surts» amb el Miles, ¿què vol dir exactament? O sigui, ¿què feu?

–Charlotte! –va exclamar la Summer clavant-me un cop al braç amb el dors de la mà.

La Ximena es va posar a riure.

–No, vull dir que... –vaig intentar explicar-me.

–Ja ho sé, el que vols dir! –va replicar la Ximena agafant-me els dits–. L'únic que vol dir és que el Miles em ve a buscar a l'armariet cada dia a l'hora de plegar. I de vegades m'acompanya fins a la parada de l'autobús. I anem caminant agafats de la mà.

–¿Us heu fet mai cap petó?

La Ximena va fer una ganyota com si acabés de llepar una llimona. S'havia tret les lentilles i portava unes ulleres ben grans de pasta i uns aparells que se suposava que havia de portar tota la nit. No s'assemblava gens a la Ximena Chin que estàvem acostumades a veure a l'escola–. Només un cop. A la festa de Halloween.

–¿I et va agradar? –vaig preguntar-li.

–No ho sé! –va respondre, somrient–. Va ser gairebé com fer-te un petó a tu mateixa al braç. ¿No ho heu fet mai? Feu-vos un petó al braç.

La Summer i jo ens vam fer un petó al braç, obedients. I ens vam posar totes a riure.

–Oh, Jack! –vaig dir jo fent sorollets com si xuclés mentre em feia petons a banda i banda del canell.

–Oh, Reid! –va dir la Summer, imitant-me.

–Oh, Miles! –va fer la Ximena, fent-se petons al canell–. Ai, vull dir, Amos!

No podíem parar de riure.

–Filla –va dir la mare de la Ximena picant a la porta i traient el cap–, no vull que el nen es desperti. ¿Podeu abaixar una mica el volum?

–Perdó, mami –va dir la Ximena.

–Bona nit, noies –va dir molt dolça.

–Bona nit! –vam xiuxiuejar nosaltres–. Perdó!

–¿Ens posem ja a dormir? –vaig preguntar fluixet.

–No, però no fem tant de soroll –va dir la Ximena–. Va, em sembla que ara et toca a tu, Summer. ¿Veritat o Acció?

–Jo també tinc una pregunta que tampoc surt a les cartes –va dir la Summer assenyalant la Ximena–. Per tu.

–Ei, ties, us heu aliat totes dues en contra meva! –va fer la Ximena rient.

–Encara no n'hem fet cap d'Acció –els vaig fer notar.

–D'acord, aquesta és d'Acció –va dir la Summer–. Dilluns t'has d'asseure a la meva taula a l'hora de dinar, i no li pots dir a ningú per què.

–I què més! –va saltar la Ximena–. No puc deixar plantats els de la meva taula sense dir per què.

–Exacte! –va respondre la Summer–. Doncs tria Veritat.

–D'acord –es va conformar la Ximena–. ¿I quina és, la pregunta de Veritat?

La Summer se la va quedar mirant.

–Molt bé. Veritat. Si la Savanna, l'Ellie i la Gretchen no haguessin anat a esquiar aquest cap de setmana, ¿igualment ens hauries dit a mi i la Charlotte que vinguéssim a dormir a casa teva?

La Ximena va posar els ulls en blanc.

–Ostres! –va fer inflant les galtes d'aire, com si fos un peix.

–Acabes de fer la mateixa cara que la senyora Atanabi –li vaig dir.

–Va, vinga, Veritat o Acció –va continuar pressionant-la la Summer.

–Molt bé, d'acord –va dir finalment la Ximena, tapant-se la cara amb les mans–. És veritat! Segurament no us ho hauria dit. Ho sento. –Va obrir una mica els dits per mirar-nos.– En principi jo també havia d'anar a esquiar amb elles, aquest cap de setmana, però al final vaig pensar que no valia la pena arriscar-me a torçar-me el turmell o alguna altra cosa abans del festival, i a última hora vaig dir que no i us vaig convidar a vosaltres dues.

–Ahà! –va fer la Summer burxant-li l'espatlla amb el dit–. Ho sabia. Érem el teu pla B per aquest cap de setmana.

Jo també vaig començar a burxar-la amb el dit.

–Ho sento! –va dir la Ximena rient, perquè havíem començat a fer-li pessigolles–. Però això no vol dir que no vulgui estar amb vosaltres, també!

–¿Has convidat algú altre a dormir, durant l'últim mes? –li va preguntar la Summer.

En aquell moment ja l'estàvem matant a pessigolles.

–Sí! –va dir entre rialles–. Ho sento! I tampoc us hi vaig convidar a vosaltres. No tinc gaire traça, barrejant grups d'amics! Però l'any que ve ho faré millor, ho prometo.

–¿Encara et cau bé, la Savanna? –li vaig preguntar, burxant-la per última vegada al braç.

Va fer una cara que era una imitació perfecta de la cara de fàstic de la Savanna.

Ara érem la Summer i jo, les que rèiem.

–Xxt! –va fer la Ximena, clavant cops a l'aire perquè no féssim soroll.

–Xxt! –va fer la Summer.

–Xxt! –vaig fer jo.

Ens vam tranquil·litzar totes tres.

–D'acord, ho reconec –va dir la Ximena, fluixet–, últimament, des que passo moltes estones assajant amb vosaltres, està bastant emprenyadora. Es va enfadar molt perquè no l'havien agafat a ella pel ball!

–Li devia fer ràbia que m'agafessin a mi i no a ella –va dir la Summer.

–De fet, no. Estava molt enfadada amb la Charlotte –va respondre la Ximena apuntant-me amb el polze.

–Ho sabia! –vaig exclamar.

La Ximena va decantar el cap.

–Diu... (Ei, és ella, qui ho diu; no jo...) Diu que sempre et donen papers bons, als espectacles de la Beecher, perquè els profes saben que de petita vas fer anuncis a la tele. I que sempre fas tot el que pots per ser la consentida dels profes.

–¿Però què...? –vaig fer jo, perplexa–. És la cosa més absurda que he sentit en ma vida.

La Ximena es va arronsar d'espatlles.

–Jo només dic el que ens va dir a mi i a l'Ellie.

–Però l'Ellie sap que no és veritat –vaig replicar.

–Creu-me, Charlotte –va respondre la Ximena–. L'Ellie no porta mai la contrària a la Savanna en res.

–No ho entenc, per què m'ha odiat sempre –vaig dir fent que no amb el cap.

–La Savanna no t'odia –va respondre la Summer allargant el braç per agafar-li les ulleres a la Ximena, que les tenia posades–. Jo crec que si de cas sempre deu haver estat una mica gelosa que tu i l'Ellie fóssiu tan bones amigues.

–¿De debò? –vaig preguntar–. ¿Per què?

La Summer es va arronsar d'espatlles i es va emprovar les ulleres de la Ximena.

–Bé, l'Ellie i tu anàveu bastant al vostre rotllo. I jo crec que la Savanna es devia sentir una mica deixada de banda.

Això sí que no m'havia passat mai pel cap.

–Jo no en tenia ni idea, que poguéssim fer sentir algú així –vaig dir–. De debò, ni idea. ¿N'estàs segura? ¿I això li passava a més gent? ¿A tu et passava?

La Summer va deixar que les ulleres li llisquessin fins a la punta del nas.

–Una miqueta sí, però no anava amb tu a cap classe, així que tant se me'n donava. La Savanna sí que anava amb tu a totes les classes.

–Ostres –vaig fer jo mossegant-me la galta, una mania que tinc quan estic nerviosa.

–Però jo no m'hi amoïnaria gaire –va dir la Summer posant-me les ulleres de la Ximena–. Ara ja tant és. Et queden superbé.

–Però jo no vull que la Savanna m'odiï! –vaig dir.

–¿Per què t'importa tant, el que pensi la Savanna? –em va preguntar la Ximena.

–¿A tu no t'importa? –li vaig preguntar jo–. Si hem de ser sincers, tu també ets diferent, quan estàs amb ella.

–Això és veritat –va dir la Summer, traient-me les ulleres i començant a netejar-les amb la jaqueta del pijama.

–Ets molt més simpàtica quan no estàs amb ella –vaig dir.

La Ximena s'estava embolicant els cabells amb un dit.

–A secundària tothom és una mica mala persona, ¿no trobeu?

–No! –va dir la Summer, tornant-li a posar les ulleres a la cara.

–¿Ni una miqueta? –va replicar la Ximena, aixecant la cella dreta.

–No! –va insistir la Summer arreglant-li les ulleres perquè li quedessin ben rectes–. No hi ha cap necessitat de ser mala persona. Mai. –Es va inclinar endavant per veure bé les ulleres.

–Això és el que tu et penses, perquè ets una santa –li va dir la Ximena de broma.

–Ah, per favor! Com em tornis a dir això una altra vegada! –va fer la Summer, rient, llançant-li el coixí.

–Summer Dawson, ¿no em deus pas haver pegat amb el meu coixí farcit de ploma d'oca blanca europea de 800 grams preferit, oi que no? –va fer la Ximena aixecant-se a poc a poc, agafant el seu coixí superflonjo i aixecant-lo ben amunt.

–¿M'estàs desafiant? –va preguntar la Summer, posant-se dreta i agafant el seu coixí com si fos un escut.

Jo també em vaig posar dreta tota emocionada, brandant el coixí.

–Guerra de coixins! –vaig cridar una mica massa fort, de tan excitada com estava.

–Xxt! –va fer la Ximena posant-se un dit damunt dels llavis per recordar-me que no m'esverés.

–Guerra de coixins silenciosa! –vaig xiuxiuejar amb totes les meves forces.

Ens vam mirar uns segons totes tres, per veure qui atacava primer, i llavors ens hi vam llançar. La Ximena va llançar el coixí sobre la Summer, la Summer la va atacar per sota i jo la vaig atacar pel costat. Llavors la Ximena es va posar dreta i va brandar el coixí cap a mi per l'esquerra, però la Summer es va girar i ens va atacar a totes dues per dalt. Al cap d'un moment ens pegàvem amb tot el que trobàvem: els peluixos del llit de la Ximena, tovalloles, roba entortolligada... I, tot i que vam intentar ser supersilencioses, o potser precisament per això –perquè no hi ha res que faci tanta gràcia com intentar que no se t'escapi el riure quan tens ganes de riure–, va ser la millor guerra de coixins de la meva vida!

El que la va aturar, perquè si no potser hauria durat massa, va ser la misteriosa i sonora explosió d'un pet provinent d'alguna de les tres. De cop ens vam quedar totes tres immòbils, mirant-nos amb uns ulls com unes taronges, i, com que ningú en reconeixia l'autoria, ens vam posar a riure com histèriques.

De tota manera, al cap de dos segons la mare de la Ximena va tornar a picar a la porta, intentant no perdre la paciència encara, però una mica contrariada. Era la mitjanit tocada.

Li vam prometre que ara sí que ens posàvem a dormir i que no tornaríem a fer soroll.

Ens havíem quedat sense aire de tant riure. Fins i tot em feia una mica de mal la panxa.

Vam trigar una estona a estirar bé els sacs de dormir i tornar a deixar els animals de peluix al seu lloc. Vam plegar la roba i vam tornar a desar les tovalloles a l'armari.

Vam aplanar els coixins, ens vam estirar a dins dels sacs, vam apujar la cremallera i ens vam dir bona nit. Jo crec que m'hauria adormit al moment, si no fos que em va agafar un atac de riure i que a la Summer i la Ximena també se'ls va encomanar. Vam estar una estona intentant fer-nos callar tapant-nos la boca les unes a les altres.

Finalment, quan vam parar de riure i ens vam tornar a quedar en silenci, la Ximena va començar a cantar superfluixet en la foscor. En un primer moment no vaig saber què cantava, de tan fluixet com ho feia.

No-no, no, no-no, no-no-no-no.

Llavors se li va afegir la Summer:

No, no-no, no, no, no-no, no-no, no-no.

Al final vaig entendre quina cançó era i jo també em vaig posar a cantar:

No-no-no-no, no-no, no, no-no, no!

Ens vam posar a cantar totes tres fluixíssim.

Nobody can do the shingaling

Like I do...

Nobody can do the skate

Like I do...

Nobody can do boogaloo

Like I do...

Estàvem estirades a dins del sac, de costat, i fèiem ballar els braços i les mans sincronitzadament per damunt dels nostres caps. I així vam acabar de cantar tota la cançó sencera, de punta a punta, tan fluixet com si fóssim a missa resant.

Com són els nostres diagrames de Venn

Ja ho sé, que perdo massa temps pensant en aquestes coses.

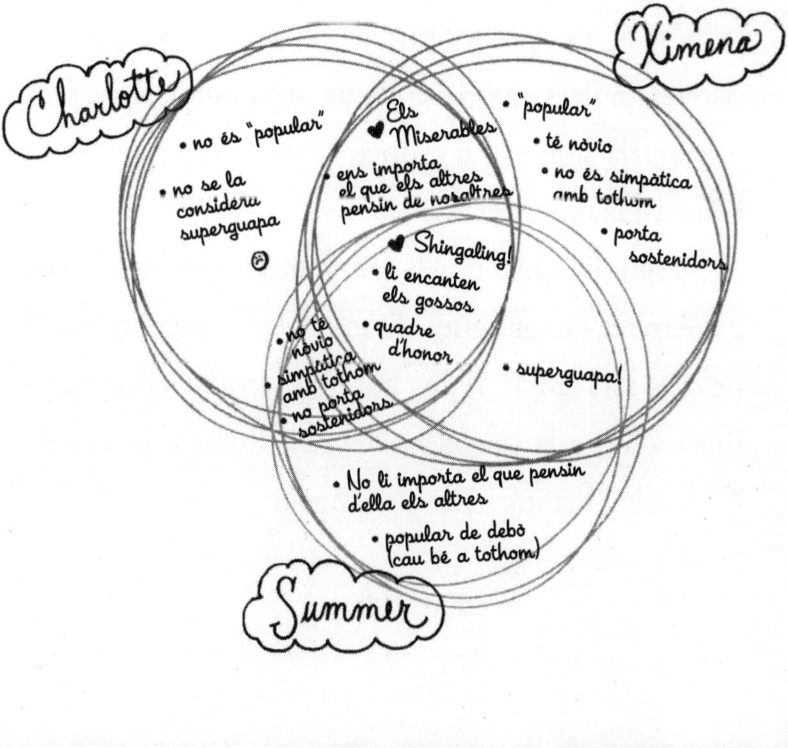

Com no se'n va parlar mai més

Dilluns ningú va esmentar per res la nit que havíem passat a casa de la Ximena. Era com si instintivament, sense dir-nos-ho, totes tres sabéssim que quan tornéssim a escola tot tornaria a ser com sempre. La Ximena aniria amb la colla de la Savanna. La Summer aniria amb el seu grupet, i jo jugaria a punts amb l'Abril a la taula del menjador.

Ningú diria mai que la Summer, la Ximena i jo ens havíem fet tan amigues. O que feia tot just un parell de dies estàvem fent una guerra de coixins i compartint secrets a la claror rosada dels llums vermells de Nadal de l'habitació de la Ximena.

Com vaig ser incapaç d'evitar un cataclisme social

La nit abans de la gala la senyora Atanabi ens va dir que ens agaféssim el dia lliure per descansar. Volia que sopéssim bé i dormíssim tota la nit com Déu mana. Llavors ens va donar els vestits. No sé com s'ho havia fet, però els havia cosit ella mateixa. Ja ens els havíem emprovat la setmana abans, però jo estava molt impacient per arribar a casa i tornar-me'l a emprovar ara que estava acabat del tot. El vestit estava inspirat en aquesta foto de les Liberty Belles:

Així doncs, aquella tarda vaig tornar cap a casa amb l'Abril i la Lina, com fèiem abans que comencés a passar tant de temps amb la Summer i la Ximena.

Això era a principis de març, que començava a fer una mica de bon temps i per fi es veien els primers indicis que arribava la primavera després del llarg i gèlid hivern. La Lina havia proposat que ens aturéssim a la gelateria Carvel tornant cap a casa, una cosa que feia molta sensació de primavera, i per tant vam agafar l'avinguda Amesfort en direcció contrària, cap al parc. Mentre anàvem caminant els vaig dir que m'havien dit que la Savanna anava dient a tothom que l'única raó que m'haguessin triat per participar en el ball de la senyora Atanabi era que havia sortit en un anunci de la tele quan era petita.

–Això no s'ho creu ningú –va fer la Lina, comprensiva, xutant la pilota mentre caminava.

–És horrible –va protestar l'Abril. Em va fer il·lusió que s'ho prengués tan a la valenta–. No m'ho puc creure, que s'hagi tornat així, la Savanna! A primària era molt simpàtica.

–Amb mi no ho ha sigut mai gaire, de simpàtica –vaig replicar.

–Doncs amb mi sí –va insistir l'Abril apujant-se les ulleres nas amunt–. Però ara és dolenta. Tota la seva colla són dolents.

Primer vaig fer que sí, però després vaig remenar el cap.

–Bé, això ja no ho sé.

–I ara han posat l'Ellie en contra nostra i també s'ha tornat dolenta.

Jo em vaig gratar el nas. Per l'Abril les coses sempre eren blanques o negres.

–Potser sí.

–Ja et dic jo que és culpa de la Ximena Chin –va continuar l'Abril–. Tot és culpa seva. Si aquest any no hagués entrat ella, tot seria com abans. La mala influència és ella.

Com que jo ja sabia com s'ho prenia sempre tot, no li havia explicat gaires coses sobre el festival de dansa que estàvem preparant. En realitat no va ser mai conscient que érem només jo, la Summer i la tan temuda Ximena Chin. I a mi ja m'anava bé així. No tenia cap ganes de justificar la meva amistat amb la Ximena davant l'Abril! Sincerament, tampoc crec que ho hagués entès.

–¿Saps què és el que em fa més ràbia? –va continuar l'Abril–. El que em fa més ràbia és que segurament acabarà fent el discurs de cinquè de la cerimònia de graduació.

–Bé... És la que treu millors notes de tota la classe –vaig respondre, intentant semblar tan imparcial com fos possible.

–Em pensava que eres tu, Charlotte –em va dir la Lina.

–No, és la Ximena –va intervenir l'Abril. I llavors va començar a comptar amb els dits:– La Ximena. La Charlotte. El Simon. Jo. I després l'Auggie o el Remo. En realitat l'Auggie ha tret millors notes de mates que el Remo, però els últims controls d'espanyol no li han anat gaire bé, i això li farà baixar la mitjana.

L'Abril sempre se sabia les notes de tothom. Portava el control de si feien els deures, de quina nota havien tret als treballs... Fos el que fos, si estava relacionat amb una nota, l'Abril et preguntava què havies tret. I era increïble la capacitat que tenia per recordar-ho tot.

–És una passada que te'n recordis de les notes de tothom –va dir la Lina.

–És un do –va respondre l'Abril, sense cap intenció de fer una broma.

–Ei, ¿li has explicat a la Charlotte allò de la carta? –li va preguntar la Lina.

–¿Quina carta? –vaig fer jo.

Com ja he dit abans, estava una mica fora d'òrbita, amb aquell parell, perquè durant les últimes setmanes havíem passat poc temps juntes.

–Ah, res! –va respondre l'Abril.

–Li ha escrit una carta a l'Ellie –va aclarir la Lina.

L'Abril em va mirar arrufant les celles:

–Explicant-li com em sento –va afegir, mirant-me per damunt de la muntura de les ulleres.

Aquella carta de seguida em va fer tenir un mal pressentiment.

–¿I què li dius? –vaig preguntar.

–Ah, és una carta i ja està –va fer arronsant-se d'espatlles.

La Lina li va clavar un cop de colze.

–Deixa-l'hi llegir!

–Llavors em dirà que no l'hi doni –va fer l'Abril, mossegant-se les puntes dels seus cabells llargs i arrissats.

–Però ensenya-me-la, almenys! –vaig insistir-hi, francament encuriosida–. Va, Abril!

Ens havíem aturat a la cruïlla entre Amesfort i el carrer 22 a esperar que es posés el semàfor verd.

–D'acord –va cedir l'Abril–. Ja te l'ensenyo. –Va començar a burxar-se la butxaca de l'abric i en va treure un sobre fet pols de les Uglydolls amb la paraula «Ellie» escrita amb retolador platejat.– Bé, el que vull, bàsicament, és que l'Ellie sàpiga com em sento per la manera com ha canviat aquest curs.

Em va passar el sobre i em va fer un gest amb el cap perquè l'obrís i llegís la nota que hi havia a dins.

Estimada Ellie,

T'escric com una de les teves amigues més antigues per dir-te que últimament et comportes molt diferent i que espero que et passi aviat. No és culpa teva. La culpa és de la Ximena Chin, que és mala persona i una influència negativa per tu! Primer li va rentar el cervell a la Savanna, i ara t'està convertint a tu en una zombi guapíssima, que és el que és ella. Espero que deixis de ser amiga seva i que recordis els bons moments que passàvem. Recorda el precepte de novembre del senyor Browne: «No tinguis amics que no siguin com tu.» ¿Sisplau, podem tornar a ser amigues?

La teva exsuperamiga,
Abril

Vaig plegar el paper i el vaig tornar a ficar a dins del sobre. L'Abril em mirava expectant.

–¿És una tonteria? –em va preguntar.

Jo li vaig tornar el sobre.

–No, no és cap tonteria –vaig respondre–. Però com a amiga teva que sóc, et recomano que no l'hi donis.

–Ho sabia, que intentaries convence'm que no l'hi donés! –va fer, molesta i contrariada per la meva reacció.

–No, jo no et vull convèncer que no l'hi donis –vaig replicar–. Si realment l'hi vols donar, dóna-l'hi. Jo sé que ho fas amb tota la bona intenció, Abril.

–No és qüestió de si ho faig o no amb bona intenció –va dir, picada–. Jo l'únic que vull és ser sincera.

–Ja ho sé –vaig dir.

Ja havíem travessat el carrer i érem a Carvel, però a dins estava pleníssim. La cua per demanar arribava fins a la porta, i totes les taules estaven ocupades, la majoria amb nens de la Beecher.

–Tothom ha tingut la mateixa pensada que nosaltres –es va lamentar la Lina.

–Hi ha massa gent –vaig dir jo–. Deixem-ho estar.

L'Abril em va agafar pel braç.

–Mira, hi ha l'Ellie –em va dir.

Vaig seguir la direcció de la seva mirada i vaig veure l'Ellie asseguda amb la Ximena, la Savanna i la Gretchen –a part del Miles, el Henry i l'Amos– en una taula de davant del taulell dels pastissos d'aniversari, just a l'altra punta de la botiga.

–Marxem –vaig dir jo estirant l'Abril pel braç.

La Lina ja havia començat a clavar cops de peu a la pilota carrer avall. Però l'Abril no es movia de lloc.

–Li vaig a donar la carta –va dir a poc a poc, molt seriosa. Duia la carta que jo li acabava de tornar a la mà esquerra i la brandava com si fos una banderета.

–No, no, tu no li dónes res –vaig saltar jo de seguida, estirant-li la mà cap avall–. Almenys en aquest moment.

–¿Per què no?

La Lina va tornar cap a nosaltres.

–Ei, un moment, ¿li penses donar la carta ara? –va fer, incrèdula–. ¿Davant de tothom?

–Sí –va respondre l'Abril, tossuda.

–No –vaig fer jo, tapant el sobre amb la mà.

No podia pensar en res més que en el ridícul que faria si l'hi donava. L'Ellie l'obriria davant de tota la taula, i es posarien tots com una moto amb l'Ellie per tot el que deia sobre la Ximena i la Savanna. Coses imperdonables, realment! Però el pitjor de tot era que es petarien de riure a costa seva.

–Aquestes coses ja no se superen mai, Abril –la vaig advertir–. Te'n penediràs molt. No ho facis.

Em va semblar que s'hi repensava. Tenia tot el front arrugat com una mala cosa.

–L'hi pots donar en qualsevol altre moment –vaig afegir estirant-li la màniga de l'abric, com em feia de vegades la Summer mentre parlava–. Quan estigui sola. Fins i tot l'hi pots enviar per correu electrònic, si vols. Però no l'hi donis ara davant de tothom. T'ho suplico. Creu-me, Abril. Seria un cataclisme social.

Vaig veure que es fregava la cara. El que li passa a l'Abril és que no li han importat mai la popularitat ni els cataclismes socials. Tan bona que és controlant les notes de tothom, i en canvi en això de les relacions humanes no entén mai res. Només pesca les coses més bàsiques, però en el seu món en blanc i negre, les persones només poden ser o bones o dolentes. No hi ha terme mitjà.

Segons com es miri, és una de les coses bones que té. S'acosta al primer que passa donant per fet que són amics. O, quan menys t'ho esperes, fa alguna cosa maca per algú, com ara regalar-li a l'Auggie Pullman un clauer de les Uglydolls, com va fer la setmana passada.

Però, segons com, també pot ser molt greu, perquè no té cap mitjà de defensa preparat per quan algú es porta malament amb ella. No sap mai com tornar-s'hi. S'ho pren tot molt seriosament. Però el pitjor de tot és que de vegades no s'adona que la gent no té ganes de parlar amb ella, i no para de xerrar i fer preguntes, fins que la persona en qüestió fa mitja volta i se'n va. Ja ho havia dit l'Ellie, precisament, no feia gaires mesos, mentre ens queixàvem totes dues de fins a quin punt es pot arribar a fer pesada l'Abril, quan vol:

–L'Abril t'ho posa en safata, perquè la tractis malament.

I ara jo sabia que estava a punt de posar-l'hi en safata a l'Ellie, i davant d'una colla de nens menjant gelat! I és que, malgrat el que li havia dit, malgrat que li havia demanat per favor que no ho fes, l'Abril Markowitz va entrar a la gelateria, es va obrir camí entremig de la gent que feia cua per demanar, i va anar directa cap a la taula del final, on seien l'Ellie i tota la colla de noies poderoses.

La Lina i jo ens ho miràvem des de fora, a la vorera. La gelateria tenia un finestral que anava del terra fins al sostre i era perfecte per mirar el que passava si et volies limitar a ser un observador. Per un moment em vaig sentir com quan mires un d'aquells vídeos de natura salvatge de la PBS.[3] Gairebé era com si sentís la veu d'un narrador amb accent britànic explicant el que estava passant:

«Observeu què passa quan la jove gasela, que s'acaba de separar de la manada,...»

Vaig veure que l'Abril li deia alguna cosa a l'Ellie i que tothom callava de cop i se la quedava mirant.

«és detectada pels lleons, que fa dies que no mengen.»

Vaig veure com li entregava el sobre a l'Ellie, que semblava una mica confusa.

–No vull ni mirar –va fer la Lina tancant els ulls.

«I en aquest moment els lleons, afamats de carn fresca, comencen la cacera.»

3. Cadena de la televisió pública dels Estats Units. (*N. de la t.*)

Com em vaig mantenir neutral, un altre cop

Va passar pràcticament tot el que havia predit que passaria. Després d'entregar-li la carta a l'Ellie davant de tota la taula, l'Abril va girar cua i va començar a caminar cap a la porta. Tota la colla de l'Ellie i la Savanna van començar a mirar-se i a riure per sota el nas, i abans que l'Abril hagués tingut temps d'arribar a la taula del costat, la Savanna, la Ximena i la Gretchen ja s'havien aixecat de la cadira per fer pinya al voltant de l'Ellie mentre obria el sobre. Vaig veure perfectament la cara que feien mentre llegien. La Ximena va fer com si per un moment se li hagués tallat la respiració, i la Savanna, esclar, ho va trobar la mar de graciós.

L'Abril va continuar avançant cap a la sortida, mirant-nos a mi i a la Lina. Per més que costi de creure, somreia! Se la veia feliç! Tal com ella ho veia, s'acabava de treure un pes de sobre, i com que li importava un rave el que pensessin d'ella els de la colla dels populars, no hi tenia res a perdre. La veritat és que l'Abril passava tant d'ells que no li podien fer cap mal. L'única amb qui estava enfadada era l'Ellie, perquè havien sigut amigues. Però a l'Abril tant se li'n donava el que pensessin d'ella les altres noies o si en aquell moment reien a costa seva.

Segons com, reconec que admirava el coratge de l'Abril.

Dit això, jo tenia molt clar que l'última cosa que volia en aquell moment era que em veiessin amb ella, i per tant vaig començar a allunyar-me del finestral abans que sortis per la porta. Sobretot no volia que la Ximena veiés que estava esperant l'Abril a fora. No volia que ningú es pensés que jo hi tenia res a veure, amb aquella bogeria.

De la mateixa manera que havia aconseguit mantenir-me neutral en la guerra dels nois, ara volia mantenir-me neutral en el que es podria haver convertit en la guerra de les noies.

Com va reaccionar la Ximena

Aquella mateixa tarda, al cap d'una estona, la Summer em va enviar un sms:

«¿T'ha arribat alguna cosa del que ha fet l'Abril?»

«Sí», vaig respondre.

«Estic amb la Ximena. Som a casa meva. Està feta pols. ¿Pots venir?»

–Mare –vaig dir, quan ja estàvem a punt de sopar–, ¿puc anar a casa de la Summer?

La mare va fer que no amb el cap:

–No.

–Sisplau. És una emergència.

Se'm va quedar mirant.

–¿Què passa?

–Ara no t'ho puc explicar –vaig respondre ràpidament, agafant ja l'abric–. Sisplau, mare. Tornaré d'hora, t'ho prometo.

–¿Té alguna cosa a veure amb el número de dansa? –em va preguntar.

–En certa manera –vaig mentir.

–D'acord, però envia'm un missatge quan arribis allà. I et vull a casa a quarts de set com a molt tard.

La Summer vivia a quatre carrers de casa meva, així que al cap de deu minuts ja hi era. La mare de la Summer em va fer passar.

–Hola, Charlotte, són allà dins –em va dir mentre m'obria la porta i m'agafava l'abric.

Vaig anar cap a l'habitació de la Summer. Tal com m'havia dit la Summer per sms, la Ximena era al seu llit, plorant. La Summer tenia una capsa de mocadors a la mà i l'estava consolant.

Em van explicar tota la història i jo vaig fer veure

que no n'estava gaire informada. L'Abril li havia entregat una carta a l'Ellie, davant de tothom, que estava plena de comentaris «verinosos» contra la Ximena. Així és com ho van dir elles.

–Diu que sóc dolenta! –es va lamentar la Ximena, eixugant-se les llàgrimes de la cara–. ¿Però jo què li he fet, a l'Abril?! Si amb prou feines la conec!

–Li estava explicant a la Ximena que de vegades l'Abril no té gaire tacte, amb les persones –va comentar la Summer mentre li donava copets a l'esquena, com fan les mares.

–¿Que no té gaire tacte amb les persones? –va protestar la Ximena–. Això no és no tenir tacte, és anar a fer mal! ¿Tu saps el que és que tothom llegeixi una cosa tan horrible sobre tu? S'han anat passant la nota per tota la taula i l'ha llegit tothom, fins i tot els nois. Tothom ha trobat que era per petar-se de riure. La Savanna una mica més i es pixa a sobre, de tan graciosa com l'ha trobat! Jo també he fet veure que la trobava graciosa! Ha ha. ¿Oi que és graciós, que algú que amb prou feines coneixes t'acusi de convertir la gent en zombis? –La paraula «zombis» la va posar entre cometes. I llavors va començar a plorar un altre cop.

–És molt fort, Ximena –vaig dir, mossegant-me la galta–. Em sap tant de greu, que hagi fet una cosa així!

–Jo li dic que parlarem amb l'Abril –em va dir la Summer.

Me la vaig quedar mirant uns quants segons.

–¿Per què? –vaig preguntar.

–Per explicar-li que el que ha escrit fa molt de mal –va respondre la Summer–. Com que som amigues de l'Abril, he pensat que li podríem explicar que li ha fet molt de mal a la Ximena.

–A l'Abril li entrarà per una orella i li sortirà per l'altra –vaig saltar jo de seguida–. No entendrà res, Ximena, creu-me. –No sabia com explicar-l'hi.– De debò, Ximena, fa anys que la conec, l'Abril, i, de la manera que ella veu les coses, tot això no anava per tu. Anava per l'Ellie. Ella només està enfadada amb l'Ellie perquè ja no es fa amb ella.

–Esclar. I és culpa meva! –va replicar la Ximena.

–Ja ho sé –vaig dir–, però això l'Abril no ho sap, ella només vol donar la culpa a algú. Vol que torni a ser tot com a primària. I es pensa que és culpa teva, que les coses hagin canviat.

–S'ha de ser imbècil! –va fer la Ximena.

–Ja ho sé! –vaig dir–. És com quan la Savanna s'enfada amb mi perquè de petita vaig sortir en un anunci. No té ni cap ni peus.

–¿Com ho saps, això? –em va preguntar la Ximena–. ¿T'ho ha dit ella?

–No! –vaig exclamar.

–¿I això de la carta ho sabies?

–No! –em vaig defensar.

Em va salvar la Summer.

–¿I què ha dit, l'Ellie, quan ha llegit la carta de l'Abril? –va preguntar a la Ximena.

–S'ha posat com una moto! –va respondre la Ximena–. La Savanna i ella volen anar a mort contra l'Abril, penjar alguna cosa molt lletja sobre ella a Facebook o alguna cosa així. I el Miles ha fet aquesta caricatura. La volen penjar a Instagram.

Va fer un gest amb el cap a la Summer perquè em donés un full de llibreta arrencat i doblegat. El vaig obrir. Hi havia un dibuix fet de qualsevol manera d'una noia (que es veia perfectament que era l'Abril) fent un petó a un noi (que es veia perfectament que era l'Auggie Pullman). A sota hi deia: «Dos esguerros enamorats.»

–Ei, ¿per què hi fiquen l'Auggie? –va preguntar la Summer, indignada.

–No ho sé –va respondre la Ximena–. El Miles només intentava fer-me riure. Tothom reia com si fos el gran acudit. Però jo no hi veig la gràcia per enlloc.

–Em sap molt de greu, Ximena –vaig dir.

–¿Per què m'odia, l'Abril? –em va preguntar, molt trista.

–Val més que no hi pensis més –li vaig recomanar–.

No t'ho prenguis com una cosa personal. ¿Te'n recordes que em vas dir que no em preocupés tant pel que pensessin els altres de mi? Doncs tu has de fer igual. Oblida't del que l'Abril pensi de tu.

–Jo no vaig demanar entrar a la colla de la Savanna, quan vaig arribar a la Beecher –va continuar la Ximena–. No coneixia ningú, ni sabia qui era amic de qui, ni qui estava enfadat amb qui. La Savanna va ser la primera persona que va ser simpàtica amb mi, i ja està.

–Dona... –vaig replicar jo apujant la barbeta i arronsant les espatlles–. No va anar ben bé així. Jo també vaig ser simpàtica amb tu.

La Ximena va semblar sorpresa.

–I jo també vaig ser simpàtica amb tu –va afegir la Summer.

–¿Què? ¿Ara vosaltres també us heu confabulat en contra meva? –es va queixar la Ximena.

–No, en absolut –va dir la Summer–. Només estem intentant que vegis les coses des del punt de vista de l'Abril. No és mala noia, Ximena. L'Abril no té ni gota de malícia. Està enfadada amb l'Ellie, i l'Ellie no s'ha portat gaire bé amb ella, últimament. Ja està.

–Tampoc és que l'Ellie no s'hagi portat bé –la vaig corregir jo–. Només ens ha deixat tirades per anar-se'n amb vosaltres. No passa res. A mi no em fa res. No sóc l'Abril.

La Ximena es va tapar la cara amb totes dues mans.

–¿M'odia tothom? –va dir, mirant-nos per entre els dits.

–No! –vam respondre totes dues alhora.

–Nosaltres no t'odiem per res –va dir la Summer, allargant-li la capsa de Kleenex.

La Ximena es va mocar.

–Potser jo tampoc he sigut gaire simpàtica amb ella en general –va dir fluixet.

–Doncs aquesta mena de dibuixos no hi ajuden gaire –va comentar la Summer, tornant-li la caricatura que havia fet el Miles.

La Ximena va agafar el paper i el va estripar en mil trossets.

–Que consti que no l'hauria penjat mai –va dir–. I a la Savanna i l'Ellie els he dit que ni se'ls acudeixi fer cap comentari amb mala bava sobre l'Abril a Facebook o on sigui. No penso fer *ciberbullying* a ningú.

–Ja ho sé –la va consolar la Summer, però quan estava a punt d'afegir alguna cosa més, van picar a la porta.

La mare de la Summer va treure el cap.

–Ei, noies –va dir molt prudent–, ¿tot bé?

–Estem bé, mare –va respondre la Summer–. Drames de noies.

–Charlotte, acaba de trucar la teva mare –em va dir la mare de la Summer–. Diu que heu quedat que series a casa d'aquí a deu minuts.

Vaig mirar el mòbil. Les sis i vint minuts!

–Sí, gràcies –vaig dir a la mare de la Summer–. Val més que me'n vagi –vaig dir mirant la Summer i la Ximena–. Ximena, ¿estàs bé?

Va fer que sí amb el cap.

–Gràcies per venir. A totes dues, gràcies per ser tan bones amb mi –va dir–. Necessitava parlar-ne amb algú, i amb la Savanna i l'Ellie no podia, ¿ho enteneu?

Vam fer que sí amb el cap.

–Val més que me'n vagi jo també –va afegir, posant-se dreta.

Vam sortir totes tres al passadís i vam anar cap a la porta, on hi havia la mare de la Summer, aparentment intentant endreçar els abrics.

–¿Què són aquestes cares tan llargues, nenes? –va preguntar tota animosa–. Jo que em pensava que us trobaria saltant d'alegria perquè demà ja és el gran dia! Amb la feinada que heu tingut a assajar, i tant que us hi heu esforçat! Estic impacient per veure-us ballar!

–Ostres sí! –vaig dir, fent que sí amb el cap i mirant la Summer i la Ximena–. És superemocionant.

La Summer i la Ximena van apuntar un somriure.

–Sí! –va exclamar la Ximena.

–Jo ja estic nerviosa! –va dir la Summer–. És el primer cop que ballo davant de públic!

–Només has de fer com si no hi fossin –li va recomanar la Ximena. No ho hauries dit mai, que feia dos minuts estava plorant.

–És un bon consell –va dir la mare de la Summer.

–És el mateix que li he dit jo! –vaig saltar jo.

–¿Hi aniran, els teus pares, Ximena? –va preguntar la mare de la Summer–. Tinc ganes de coneixe'ls al sopar.

–I tant! –va respondre la Ximena, molt educada, somrient amb el clotet a màxima potència, ja.

–Els pares seuen tots a la mateixa taula –vaig dir jo–. Amb la senyora Atanabi i el seu marit.

–Que bé! –va exclamar la mare de la Summer–. Tinc moltes ganes de veure'ls a tots!

–Adéu, Summer. Adéu, senyora Dawson –va dir la Ximena.

–Adéu! –vaig dir jo.

La Ximena i jo vam baixar juntes les escales fins al vestíbul i vam tirar cap a Main Street, on ella havia de tombar a l'esquerra i jo a la dreta.

–¿Estàs millor? –li vaig preguntar quan ens vam aturar a la cantonada.

–Sí, i tant! –va respondre, somrient–. Gràcies, Charlotte, has sigut una bona amiga.

–Gràcies a tu també.

–No –va fer remenant el cap i jugant amb el serrell de la meva bufanda. Se'm va quedar mirant un moment.– Sóc conscient que de vegades hauria pogut ser més amable amb tu, Charlotte. –I llavors em va abraçar.– Ho sento.

He de reconèixer que em va emocionar sentir-li dir allò.

–Que guai! –vaig dir.

–Fins demà.

–Adéu.

Vaig passar per davant dels restaurants d'Amesfort Avenue, que ja es començaven a omplir un altre cop, ara que s'acostava el bon temps. No podia deixar de pensar en el que m'acabava de dir la Ximena. Sí, sí que podria haver sigut més amable amb mi, alguna vegada. ¿I jo? ¿Hauria pogut ser més amable amb alguna altra persona, també?

Vaig aturar-me davant del semàfor per travessar. I va ser llavors quan vaig veure l'esquena d'un home amb una parca taronja que pujava a un autobús. Amb un gos negre i gran al costat. El gos duia un mocador vermell al coll.

–Gordy Johnson! –vaig cridar, corrent-li al darrere, així que el semàfor va canviar de color.

Quan va sentir el seu nom es va girar, però les portes de l'autobús es van tancar darrere seu.

Com ens va desitjar sort la senyora Atanabi

A l'última planta de l'edifici del Carnegie Hall, on ens va portar la senyora Atanabi perquè ens preparéssim per l'espectacle, hi ha un passadís de fotos i programes emmarcats dels ballarins que hi han actuat al llarg dels anys. Mentre avançàvem per aquest passadís per anar cap als camerinos, la senyora Atanabi va assenyalar una de les fotografies. Era de les Duncan Dancers, les filles de la Isadora Duncan, posant molt teatralment amb unes túniques blanques i llargues. Era del 3 de novembre del 1923.

Anna—Lisa—Margo
Duncan Dancers
TRAGIC CHOEUR · ORPHÉE
WITH
METROPOLITAN OPERA HOUSE ORCHESTRA
Carnegie Hall, Saturday Evening, Nov. 3
Management, Metropolitan Musical Bureau, New York City

–Mira, com vosaltres tres! –va exclamar en una mena de refilet la senyora Atanabi–. Deixeu-me que us hi faci una foto –va dir traient-se el mòbil i apuntant-lo cap a nosaltres.

Vam posar totes tres de seguida al costat de la foto, en la mateixa posició que les tres ballarines: jo a l'esquerra, amb les mans enlaire i mirant cap a la dreta; la Summer a la dreta, amb les mans enlaire i mirant cap a l'esquerra; i la Ximena al mig, amb els braços oberts endavant i mirant a la càmera.

La Senyora Atanabi va fer unes quantes fotos seguides, fins que en va quedar satisfeta, i vam sortir totes quatre –perquè la senyora Atanabi estava tan emocionada com nosaltres, aquella nit– corrent com desesperades cap a l'habitació del darrere per posar-nos els vestits.

No érem les úniques que actuàvem, aquella nit. El conjunt de jazz i el cor dels grans ja eren allà. Sentíem les trompetes i saxofons ressonant pels passadissos i que els cantaires ja escalfaven la veu a la sala del costat del nostre camerino.

La senyora Atanabi ens va ajudar a pentinar-nos i maquillar-nos. Va ser impressionant veure com transformava el pentinat de cadascuna de nosaltres en un immens *bouffant* rodó amb les puntes disparades enfora, i ho rematava tot amb un núvol de laca. Tot i que totes tres teníem un tipus de cabell molt diferent, la senyora Atanabi se les va apanyar perquè quedéssim súper ben conjuntades!

Érem les últimes de sortir. Que llarg que es faria! Ens vam passar tota l'estona agafant-nos les mans i intentant dir-nos a nosaltres mateixes que no calia entrar en pànic.

Quan finalment va arribar l'hora de sortir, la senyora Atanabi ens va acompanyar a baix, entre bastidors de l'Stern Auditorium. Quan el cor va acabar de cantar l'última cançó, vam fer un cop d'ull al públic. Hi havia moltíssima gent! No es podien distingir les cares perquè estava molt fosc, però era l'auditori més gran que havia vist en ma vida, amb amfiteatre, arcs daurats i parets envellutades!

La senyora Atanabi ens va dir que ens poséssim en posició darrere el teló: la Ximena al mig, jo a l'esquerra i la Summer a la dreta. Llavors, ens va mirar de cara.

–Noies, heu treballat moltíssim –ens va dir en un xiuxiueig, amb veu tremolosa per l'emoció–. No sé com donar-vos les gràcies per tot el temps que heu dedicat a fer realitat la meva idea. Per la vostra energia, el vostre entusiasme...

Se li va nuar la veu. Es va eixugar una llàgrima tota nerviosa. Si no haguéssim llegit aquell article sobre ella, potser no hauríem entès per què allò era tan important per ella. Però ho sabíem. No li vam dir mai que havíem trobat aquell article. Que sabíem allò de la seva amiga de la infantesa. Vam pensar que si hagués volgut que ho sabéssim ens ho hauria dit ella mateixa. Però el fet de saber aquell trosset de la seva història feia que aquell ball i tot el que havíem fet per preparar-lo fos encara més especial. És curiós com s'entrecreuen les històries de la gent. Cada història personal s'entrellaça fent ziga-zaga amb una altra història personal.

–Estic tan orgullosa de vosaltres, noies! –va xiuxiuejar fent-nos un petó a cadascuna al front.

El públic estava aplaudint el cor, que ja havia acabat la seva actuació. Mentre els cantaires entraven entre bastidors, la senyora Atanabi va anar cap al davant de l'escenari a esperar que el senyor Culet la presentés i nosaltres ens vam posar al nostre lloc. Vam sentir com la senyora Atanabi ens presentava a totes tres i el número de ball que estàvem a punt de fer.

–Ara sí que ha arribat l'hora, noies –va dir molt fluixet la Ximena quan es va començar a aixecar el teló.

Vam esperar que comencés a sonar la música. Cinc. Sis.

Cinc-sis-set-vuit!

It's the shingaling, baby!

Com vam ballar

Tant de bo pogués descriure cada segon d'aquells onze minuts dalt de l'escenari, cada moviment, cada salt. Cada cop de maluc i cada gir. Però no puc, esclar. L'únic que puc dir és que va sortir tot SUPERPERFECTE. Cap de les tres va perdre el pas ni va dubtar per res. Bàsicament ens vam sentir durant onze minuts seguits com si estiguéssim ballant tres metres per damunt de la resta del món. Va ser l'experiència més apassionant, electritzant, esgotadora, emocionant, divertida i impressionant de la meva vida, i quan ja arribàvem al final apoteòsic, amb el *well let me tell you nobody, nobody*, per empalmar amb el *shingaling* marca de la casa de la senyora Atanabi, és a dir una variant que s'havia inventat ella, vaig sentir l'energia del públic mentre picaven de mans al ritme de la música.

Nobody, nobody,
Nobody, nobody
Nobody, nobody...

I llavors es va acabar. Ja estava. Panteixants, amb un somriure d'orella a orella. Un aplaudiment eixordador.

Vam saludar totes tres alhora i després una per una. El públic xisclava i cridava bravo.

Els nostres pares van sortir a entregar-nos un ram de flors a cadascuna. La mare me'n va donar un de més a més i jo l'hi vaig donar a la senyora Atanabi quan va sortir a saludar amb nosaltres a l'escenari. Em va saber greu que totes les alumnes de cinquè que s'havien burlat d'ella a la seva esquena no la veiessin en aquell moment, en aquell precís instant, tal com l'estava veient jo: amb un vestit llarg preciós, un monyo perfecte... Semblava una reina.

Com vam passar la resta de la nit

Al cap d'una estona, després de canviar-nos, vam baixar a reunir-nos amb els pares per sopar a la sala on es feia el banquet. Mentre passàvem per entre les taules, plenes de professors, d'altres pares i d'un munt de gent adulta que no coneixíem de res, tothom ens felicitava pel ball. Jo vaig pensar entre mi: «Així és com et deus sentir quan ets famós.» I em va encantar.

Quan vam arribar a la taula els pares ja estaven tots asseguts, amb la senyora Atanabi i el seu marit. Mentre sèiem ens van dedicar un aplaudiment, i després d'això ens vam passar la resta de la nit xerrant entre nosaltres sense parar, analitzant cada instant del ball, que si allà ens havíem posat nervioses per si ens sortia malament un pas en concret, que si allà havíem sortit una mica marejades d'un gir...

Abans que comencessin a servir el sopar, el gerent de l'escola, el doctor Jansen, va fer un breu discurs per donar les gràcies a tothom per assistir a la gala benèfica i va demanar a la senyora Atanabi, al director del cor i al professor de jazz que s'aixequessin per rebre un altre aplaudiment. La Ximena, la Summer i jo vam cridar amb totes les nostres forces. Després d'això va parlar d'altres coses, com ara objectius econòmics, recollida de fons i altres coses tan avorrides que jo només desitjava que arribés al final d'una vegada. En acabat, després dels entrants, el senyor Culet va fer un discurs sobre la importància que a la Beecher es donés suport a l'art, per tal que pogués continuar alimentant tot el «talent» que havien pogut observar aquella nit. Quan va dir això va demanar a tots els alumnes que havien actuat aquella nit que es posessin drets per rebre un altre aplaudiment. Tots els nois del grup de jazz i del cor que hi havia a la sala es van posar drets, els uns més cohibits i amb menys ganes que els altres. Però a nosaltres tres no ens va fer gens de cosa posar-nos dretes per rebre un altre aplaudiment. ¿Per què hauria de dir una cosa per l'altra?

«Som-hi, dretes!»

A l'hora del cafè ja s'havien acabat els discursos i la gent havia començat a voltar per la sala i a relacionar-se amb els altres. Vaig veure una parella que venia cap a la nostra taula, però no vaig caure en qui eren fins que la Summer es va posar dreta d'un salt i els va anar a abraçar. Llavors els vaig reconèixer. Eren els pares de l'Auggie. Es van fer petons amb la mare de la Summer i en acabat van fer la volta a la taula i van venir cap a mi i cap a la Ximena.

–Ho heu fet genial! –ens va dir la mare de l'Auggie, molt dolça.

–Moltes gràcies –vaig respondre, somrient.

–Deu estar molt orgullosa d'elles –va dir el pare de l'Auggie a la senyora Atanabi, que era al costat de la Summer.

–Oi tant! –va fer la senyora Atanabi, amb un somriure radiant–. Han treballat de valent!

–Felicitats un altre cop, noies –va dir la mare de l'Auggie estrenyent-me una mica l'espatlla, i llavors va tornar amb la mare de la Summer.

–Records a l'Auggie de part meva! –vaig cridar.

–No pateixis.

–Un moment, ¿eren els pares de l'Auggie? –em va preguntar molt fluixet la Ximena–. Però si semblen estrelles de cine!

–Ja –vaig respondre jo en un xiuxiueig.

–¿Per què parleu tan fluixet? –va fer la Summer posant-se entre totes dues.

–La Ximena no sabia que eren els pares de l'Auggie –li vaig explicar.

–Ah! Són supersimpàtics.

–Quines coses! –va comentar la Ximena–. Són guapíssims.

–¿I la germana de l'Auggie, l'has vist algun cop? –vaig dir jo–. És hiperguapa. Sembla una model. És bestial.

–Uau! –va fer la Ximena–. Jo em pensava que... No ho sé... Que tenien més o menys la mateixa cara que l'Auggie.

–No! –va dir la Summer amb molta suavitat–. Passa com amb el teu germà. Va néixer així.

La Ximena va fer que sí amb el cap, a poc a poc. Vaig veure que, per molt llesta que fos, no s'ho havia mirat mai d'aquella manera.

Com em vaig adormir... Per fi!

Aquella nit vam tornar a casa bastant tard. Mentre em treia el maquillatge de la cara i em preparava per anar-me'n a dormir, em notava cansadíssima. Però un cop al llit, no sé per què, no hi havia manera que em vingués la son. Les imatges de tot el que havia passat aquell vespre m'assaltaven una vegada i una altra, com si fossin onades suaus. Em sentia com quan vas en una barca, balancejant-te amunt i avall. El meu llit flotava enmig del mar.

Després d'una mitja hora de regirar-me i canviar

de posició, vaig agafar el mòbil, que s'estava carregant a la tauleta de nit.

«Que hi ha algú despert?»

Vaig escriure un sms a la Summer i la Ximena.

Era la mitjanit tocada. Estava convençuda que dormien totes dues.

«Noies, només volia k sabéssiu k crec k sou les dues persones més increïbles del món i que m'alegro que haguem pogut ser tan amigues durant un temps. No oblidaré mai aquesta nit. *It's the shingaling, baby!*»

Vaig tornar a deixar el telèfon a la tauleta i li vaig començar a clavar cops de karate al coixí perquè fos més còmode. Vaig tancar els ulls a veure si venia la son. I just quan em començava a ensopir, va vibrar el telèfon.

No era ni la Ximena ni la Summer. Per increïble que sembli, era l'Ellie.

«Hola, Charly. Deus estar dormint, però els meus pares acaben d'arribar del festival i diuen que ho heu fet genial. Estic orgullosa de tu. Quina pena que jo no t'hagi pogut veure ballar. T'ho mereixies. A veure si la setmana que ve podem quedar després d'escola. Et trobo a faltar.»

Pot semblar una tonteria, però em va fer tanta il·lusió llegir aquell missatge que automàticament se'm van humitejar els ulls.

«Moltes gràcies, Ellie! A mi tb m'hauria agradat k hi fossis. M'encantarà k ens veiem la setmama k ve. Jo tb et trobo a faltar. Nanit.»

Com l'Abril s'endú una bona sorpresa i ens sorprèn a tots

L'endemà em vaig llevar feta pols de cansada i la mare em va donar permís per arribar més tard a escola. Vaig veure que tant la Ximena com la Summer m'havien escrit un missatge així que s'havien despertat.

Ximena Chin

Jo tinc la mateixa sensació, Charlotte. Quina nit!

Summer Dawson

Jo tb us <3!

No els vaig respondre perquè sabia que eren a classe. Em vaig saltar les tres primeres hores i no les vaig veure fins a l'hora de dinar. La Summer, com sempre, seia amb l'Auggie i el Jack. I la Ximena, com sempre, era a la taula de la Savanna. Per una fracció de segon, vaig estar a punt d'acostar-m'hi i dir-li hola a la Ximena, però encara tenia massa fresca la imatge de l'Abril dreta davant d'aquell mateix grup de nens el dia abans, i no volia que la Ximena tingués cap mena de motiu per no saludar-me amb un hola ben convençut i realment amistós.

Així doncs, els vaig fer hola a totes dues amb la mà anant cap a la meva taula de sempre i em vaig asseure al costat de l'Abril. Les noies de la meva taula em van preguntar com m'havia anat la nit anterior –n'hi havia que ja ho sabien pels seus pares–, però no les vaig voler atabalar amb gaires detalls perquè sabia que al cap de trenta segons hi haurien perdut l'interès. Com va passar.

I no m'estranya, de fet.

L'únic que tenien al cap, bàsicament –i l'única cosa de la qual volien parlar–, era la carta que li havia entregat l'Abril a l'Ellie a Carvel. Resulta que aquesta carta –que ara ja havia llegit en veu alta o citat textualment mig curs– va ser com un salconduit per l'Abril cap a una mena de popularitat que no havia tingut mai. Tothom parlava d'ella. Els companys fins i tot l'assenyalaven a alguns de sisè, que havien sabut allò de la carta i hi tenien curiositat, perquè veiessin qui era.

–Avui sóc la reina dels pringats –deia ella mateixa.

Vaig veure que ho deia amb to triomfant. Que li agradava ser el centre d'atenció.

Jo li volia explicar que a la Ximena li havia fet molt de mal la seva carta, que l'havia fet plorar. Però, per estrany que soni, no vaig voler esguerrar-li la diversió.

–Ei, hola! –va dir la Summer clavant-me un cop de colze perquè li fes lloc per seure.

–Ei! –vaig fer jo, sorpresa de veure-la allà. Vaig mirar cap a la seva taula, però l'Auggie i el Jack ja no hi eren.

–Hola, Summer –va dir l'Abril tota il·lusionada–. ¿Ja t'ho han dit, això de la carta?

La Summer va somriure.

–Sí –va respondre.

–¿T'ha agradat? –li va preguntar l'Abril.

Vaig veure que la Summer no volia ferir-li els sentiments, tampoc, i no sabia com respondre.

–¿On són l'Auggie i el Jack? –les vaig interrompre.

–Preparant no sé quines notetes top-secret per deixar-les-hi al Julian a dins de l'armariet –va respondre.

–¿Notetes com la meva? –va preguntar l'Abril.

La Summer va fer que no amb el cap.

–Jo diria que no. Notetes d'amor d'una tal Beulah.

–¿I qui és, aquesta Beulah? –vaig preguntar jo.

La Summer es va posar a riure.

–És una mica difícil d'explicar.

Vaig fixar-me que la Ximena ens mirava des de l'altra punta del menjador. Li vaig fer un somriure. Me'l va tornar. I llavors, per sorpresa meva, es va aixecar i va venir cap a la nostra taula.

Quan la van veure allà dreta, totes les de la taula van callar. Sense que ningú els digués res, la Megan i la Rand es van separar per deixar espai i la Ximena es va asseure entre totes dues, enfront de l'Abril, la Summer i jo.

L'Abril s'havia quedat de pasta de moniato. Feia uns ulls com unes taronges i fins i tot semblava una mica espantada. Jo no tenia ni idea de què podia passar a continuació.

La Ximena va ajuntar les mans com si pregués, es va inclinar endavant i va mirar l'Abril de fit a fit.

–Abril –va dir–. Només em volia disculpar per si mai he dit o he fet alguna cosa que et pogués ofendre. Si és així, no era la meva intenció. De fet, crec que ets una persona molt agradable, superintel·ligent i superinteressant, i m'encantaria que a partir d'ara poguéssim ser amigues.

L'Abril va parpellejar, però no va dir res. S'havia quedat amb un pam de boca oberta.

–Bé –va dir la Ximena, de cop i volta amb posat tímid–, només et volia dir això.

–És tot un detall per part teva, Ximena –va dir la Summer, somrient.

La Ximena ens va fer aquella mirada que fa ella, obrint i tancant les parpelles.

–*It's the shingaling, baby*! –va dir.

Això ens va fer somriure a la Summer i a mi.

I a continuació, tal com s'havia assegut, es va tornar a aixecar i se'n va tornar cap a la seva taula. Jo m'ho mirava de reüll i vaig veure que l'Ellie i la Savanna no li treien la vista de sobre. Així que es va tornar a asseure, s'hi van arrambar per sentir el que els volgués explicar.

–¿S'ha enrotllat superbé, oi? –va dir la Summer a l'Abril.

–Estic flipant –va respondre l'Abril mentre es treia les ulleres per netejar-se-les–. Estic flipant en colors.

La Summer em va fer una mirada de complicitat.

–Abril, ¿què se n'ha fet, d'aquell joc gegant de punts que estaves fent? –va preguntar.

–Ah, el tinc aquí! –va respondre, tota il·lusionada–. Ja us vaig dir que esperaria que hi fóssiu vosaltres per jugar-hi. ¿Per què? ¿Que hi voleu jugar ara?

–Oi tant! –vaig fer jo–. Per mi, sí.

–Per mi també –va dir la Summer.

L'Abril va deixar anar un xisclet d'alegria, va agafar la motxilla i en va treure un tub de paper plegat en tres i una mica abonyegat per dalt. Vam observar com desplegava i estirava el full de paper amb molt de compte. Ocupava tota la superfície de la taula. Quan el va tenir ben estirat, ens el vam quedar mirant totes. Al·lucinades.

No hi havia ni un centímetre d'aquell full de paper immens que no estigués cobert de punts. De línies de punts perfectament dibuixades i amb la mateixa separació exacta entre cadascuna. Però no només hi havia punts. Era tota una quadrícula súper ben feta unida amb espirals. Línies ondulades que acabaven en espiral, o en una flor, o en forma de raig de sol. Gairebé semblaven tatuatges artístics, com quan veus un braç tan cobert de tinta blava que no saps on comença un tatuatge i on acaba l'altre.

Era el joc de punts més preciós que havia vist mai.

–Abril, és increïble! –vaig dir fluixet.

–Ja! –va fer tota contenta–. Ja ho sé!

Com algunes coses van canviar i d'altres no

Va ser el primer i l'últim cop que la Summer, la Ximena i jo vam seure juntes a taula a l'hora de dinar. A l'hora de dinar i a qualsevol altra hora. Vam tornar cadascuna amb la seva colla respectiva. La Ximena, amb la Savanna. La Summer, amb l'Auggie. I jo, amb l'Abril.

I, sincerament, ja m'estava bé.

De debò que sí! Potser sí que a una part de mi, la que li agraden els finals feliços, li hauria agradat que les coses canviessin. Que la Ximena i l'Ellie de cop i volta s'haguessin canviat de taula i haguessin vingut a seure amb mi, i amb la Summer. Potser hauríem pogut fer una taula nova totes juntes, amb el Jack, i l'Auggie, i el Reid, i fins i tot l'Amos, a la taula del costat.

Però la veritat és que jo ja sabia que les coses no canviarien gaire. Sabia que passaria com després d'aquell dia que ens vam quedar a dormir a casa de la Ximena. Com si haguéssim fet totes tres juntes un viatge secret. Un viatge del qual ningú no sabia res. I un cop n'havíem tornat, cadascuna a casa seva. Hi ha amistats que són així. Potser, fins i tot, són les millors. La connexió no es perd mai, el que passa és que és invisible als ulls.

Per això la Savanna no sospitaria mai que bé que coneixíem la seva amiga Ximena tant la Summer com jo. I l'Abril no entendria mai com ens havia afectat la seva carta a mi i a la Summer. I l'Auggie no sabria absolutament res del que havia passat. «Prou problemes té ja amb les seves coses», em va dir un dia la Summer, explicant-me per què no havia explicat mai a l'Auggie que l'havien seleccionat per fer el ball de la senyora Atanabi. «No cal que en sàpiga res, de tots aquests drames de noies.»

Però això no vol dir que no es produïssin alguns canvis.

Durant els últims mesos de cinquè vaig veure molt clar que la Ximena s'esforçava de valent per connectar amb altres noies de la classe. Ara, cada cop que ens trobem pels passadissos, em diu hola molt efusivament, encara que vagi amb la Savanna. A part d'això, tot i que l'Ellie i l'Abril no van arribar a arreglar mai les coses entre elles, jo sí que he quedat amb l'Ellie després d'escola un parell de vegades. Ja no és com abans, esclar. Però més val això que res, així que no em queixo.

Pam a pam, com diria la senyora Atanabi. Tot comença amb un petit pas de no res.

I la veritat és que si ara la Ximena, la Savanna i l'Ellie de cop i volta em convidessin a seure a la seva taula, els diria que no. No estaria bé. Primer, perquè no m'agradaria gens rebre una carta de l'Abril enfadada, ni veure com m'ensenyava les dents des de l'altra punta del menjador. Però, sobretot, perquè el dia que va desenrotllar aquell joc de punts tan espectacular i el va posar damunt la taula em vaig adonar d'una cosa: que l'Abril ha sigut la meva millor amiga a les verdes i a les madures. Una amiga de debò. Durant tots aquests anys. A la seva manera: poca-traça, lleial i una mica pesadeta. Però no m'ha jutjat mai. M'ha acceptat sempre tal com sóc. I pel que fa a les altres noies de la taula del menjador, amb qui no tinc res en comú... ¿Doncs sabeu què? Que tenim una taula de menjador en comú! I un joc de punts tan preciós que fa riure i tot per jugar-hi durant l'hora de dinar, amb els retoladors de colors que ens va repartir l'Abril i que hem de fer servir tant sí com no, si no volem que s'enfadi.

Però ja se sap, l'Abril és així. I no canviarà mai.

Com vaig parlar amb el senyor Culet

L'últim dia de curs la secretària del senyor Culet, la senyora García, em va venir a buscar a setena hora per demanar-me si podia anar a parlar amb el senyor Culet a l'hora de plegar. L'Abril ho va sentir i va començar a riure per sota el nas.

–Ai ai ai, que la Charlotte ja ha begut oli! –anava cantant.

Però totes dues sabíem que no era veritat, i que més aviat devia ser per alguna cosa relacionada amb els premis que es repartien l'endemà. Tothom donava per suposat que em donarien a mi la medalla

Beecher per haver organitzat la recollida de roba d'abric, ja que sempre la donen a l'alumne que ha treballat més per la comunitat.

Just després que sonés el timbre de després d'última hora, vaig trucar a la porta del senyor Culet.

–Passa, Charlotte –va dir tot eufòric, assenyalant-me la cadira que hi havia davant del seu escriptori.

Sempre m'ha agradat, el despatx del senyor Culet. Té tot de puzles supercuriosos a un costat de la taula, i treballs de plàstica que han anat fent els alumnes al llarg dels anys emmarcats i penjats per les parets. De seguida em vaig fixar que tenia l'autoretrat de l'Auggie amb cara d'ànec penjat darrere la taula.

De cop i volta vaig veure clar per què m'hi havia fet anar.

–¿Què? ¿Il·lusionada amb la cerimònia de graduació de demà? –em va preguntar, encreuant les mans damunt la taula.

Vaig fer que sí amb el cap.

–Sembla mentida que estiguem a punt d'acabar cinquè! –vaig dir, incapaç de dissimular l'alegria.

–Sí que sembla mentida, sí –va dir–. ¿Tens plans, per l'estiu?

–Faré uns campaments de dansa.

–Ostres, que divertit –va respondre–. Ho vau fer genial totes tres, al festival de març. Com ballarines professionals. La senyora Atanabi estava impressionadíssima que haguéssiu treballat tant i que estiguéssiu totes tres tan compenetrades.

–Sí, ens ho vam passar molt bé –vaig fer jo, emocionada.

–Fantàstic –va dir, rient–. Me n'alegro que t'hagi agradat el curs, Charlotte. T'ho mereixes. La teva presència alegra aquests passadissos, i valoro molt que sempre siguis tan amable amb tothom. No et pensis que aquestes coses passen desapercebudes.

–Gràcies, senyor Culet.

–La raó per la qual volia tenir una petita xerrada amb tu abans de demà –va dir–, i espero que això quedi entre nosaltres, és que sé que saps que entre els premis que repartiré demà hi ha la medalla Beecher.

–¿L'hi donarà a l'Auggie, oi? –vaig saltar.

Es va quedar de pedra.

–¿Per què ho dius, això? –va preguntar.

–És que tothom dóna per fet que serà per mi.

Em va mirar atentament. Llavors va somriure.

–Ets una noia molt intel·ligent, Charlotte –em va dir parlant fluixet.

–Per mi cap problema, senyor Culet –vaig dir.

–Però t'ho volia explicar –va insistir–. Perquè la veritat és que, si hagués sigut un curs com tots els altres, segurament la medalla seria per tu, Charlotte. Te la mereixes: no només per la feinada que vas fer amb la recollida de roba d'abric, sinó també perquè, com ja t'he dit abans, has sigut una persona realment amable amb tothom. Encara recordo quan et vaig demanar si volies ser companya de benvinguda de l'Auggie i vas dir que sí de seguida, de tot cor i sense evasives.

¿Ja us ho he dit, que m'encanta que faci servir paraules supercomplicades i doni per suposat que les entenem?

–Però, com tu ja saps, aquest curs de normal no n'ha tingut res. I pensant en aquest premi, i en el que representa, vaig veure que podia anar més enllà del servei a la comunitat... I no és per treure-hi mèrit, en absolut.

–No, entenc perfectament el que vol dir –vaig fer jo.

–Quan veig l'Auggie i tots els reptes que ha d'afrontar diàriament –va dir donant-se un copet al cor–, em quedo meravellat que tingui el valor de venir cada dia a escola. Amb un somriure als llavis. I vull que tingui la confirmació que aquest curs ha representat un triomf per ell. Que ha causat impacte. Vull dir que quan la resta de nens van fer pinya al seu voltant després d'aquell incident tan espantós de la reserva natural... Va ser per ell. Perquè ell els va inspirar amabilitat.

–Entenc perfectament el que vol dir –vaig dir.

–Vull que sigui un premi a l'amabilitat –va continuar–. A l'amabilitat que nosaltres transmetem al món.

–Hi estic totalment d'acord –vaig dir.

Se'l veia sincerament content amb la meva actitud. I una mica alleujat, em sembla.

–Que content que estic que ho entenguis, Charlotte –va dir–. T'ho volia explicar abans perquè no tinguessis una desil·lusió demà a la cerimònia, tenint en compte que, com tu dius, tothom es pensa que el premi serà per tu. Però no ho diguis a ningú, ¿d'acord? No voldria esguerrar-los la sorpresa a l'Auggie i a la seva família.

–¿Als meus pares els ho puc dir?

–Esclar. Tot i que tenia pensat trucar-los jo mateix aquesta nit per explicar-los que orgullós que estic de tu en aquest moment.

Es va posar dret, va estirar el braç per damunt la taula per donar-me la mà, i l'hi vaig encaixar.

–Gràcies, Charlotte –va dir.

–Gràcies, senyor Culet.

–Fins demà.

–Adéu.

Ja havia començat a anar cap a la porta quan de cop i volta em va assaltar una idea, una idea perfectament formada. No em pregunteu com m'havia vingut.

–Però aquest premi també es deu poder donar a dues persones, ¿oi? –vaig preguntar.

Va aixecar la vista. Per un moment em va semblar detectar una espurna de decepció en els seus ulls.

–En alguna ocasió l'hem donat a dos alumnes que havien treballat junts en algun projecte per la comunitat –va respondre, gratant-se el front–. Però en el cas de l'Auggie i tu, jo crec que els motius pels quals se li dóna a ell i els motius pels quals se't donaria a tu serien tan diferents que...

–No, jo no pensava en mi i l'Auggie –el vaig interrompre–. Jo crec que hauria de ser per la Summer.

–¿Per la Summer?

–Li ha fet tant de costat a l'Auggie durant tot el curs! –li vaig explicar–. I no perquè vostè li demanés que fos la seva companya de benvinguda, com en el meu cas o el del Jack. Sinó perquè sí! És això que acaba de dir vostè sobre l'amabilitat.

El senyor Culet va assentir amb el cap, com si estigués escoltant molt atentament el que jo li estava dient.

–El que vull dir és que jo he sigut simpàtica amb l'Auggie –vaig afegir–. Però la Summer ha sigut considerada. És com ser simpàtica però elevat a la desena potència. ¿Entén què vull dir?

–Ho entenc perfectament –va respondre, somrient.

Jo vaig assentir amb el cap.

–Me n'alegro.

–T'agraeixo molt que m'hagis dit això, Charlotte –va dir–. M'hi faràs pensar molt.

–Fantàstic.

Em mirava i feia que sí amb el cap, a poc a poc, com si estigués donant voltes a alguna cosa.

–Però deixa'm que et pregunti una cosa... –Aquí va fer una pausa, com si s'hagués de rumiar molt les paraules.– ¿Tu creus que a la Summer li agradaria que li donessin una medalla només per ser amiga de l'Auggie?

De seguida que ho va dir vaig veure per on anava.

–Ostres! –vaig exclamar–. Ara que ho diu... Té raó. No li agradaria.

No sé per què, en aquell moment em va venir al cap la imatge de l'Abril ensenyant les dents cap a la taula de la Savanna.

Està clar que l'amistat no té res a veure amb les medalles.

–Tot i així, deixa'm que hi pensi aquesta nit –va respondre posant-se dret.

–No, té raó vostè –vaig replicar–. Està ben vist.

–¿N'estàs segura?

Vaig fer que sí amb el cap.

–Gràcies, senyor Culet. Fins demà.

–Fins demà, Charlotte.

Vam tornar a encaixar les mans, però aquest cop me la va aguantar un moment amb totes dues mans.

–Per si no ho sabies –em va dir–, ser simpàtic és el primer pas per ser considerat. És una bona manera de començar. Estic orgullosíssim de tu, Charlotte.

No sé si n'era conscient o no, però, almenys per mi, que em diguin aquesta mena de coses val més que totes les medalles del món.

Com va brodar el seu discurs la Ximena

Bon dia, doctor Jansen, senyor Culet, senyora Rubin, companys, professors i pares i mares.

És un honor que m'hagin demanat que faci el discurs inaugural en representació de tots els alumnes de cinquè. Quan miro al meu voltant i veig aquestes cares de felicitat, em sento molt afortunada de ser aquí. Com alguns de vosaltres ja sabeu, ha sigut el meu primer curs a la Beecher. No us ho negaré: al principi estava una mica nerviosa! Sabia que hi havia nens que hi eren des d'infantil, i em feia por no ser capaç de fer amics. Però va resultar que molts companys eren nous com jo. I, fins i tot pels que feia temps que venien a aquesta escola, bé... això de la secundària és un canvi per tothom. Està clar que ha sigut un gran aprenentatge per tots nosaltres. Amb algun sotrac pel camí. Amb encerts i fracassos. Però ha sigut un viatge meravellós.

Fa mesos em van demanar que ballés en una coreografia creada per la senyora Atanabi pel festival benèfic de la Beecher. Per mi va ser una experiència increïble. Les meves dues companyes i jo vam haver de treballar moltíssim per aprendre a ballar com una sola persona. Demana molta dedicació. I confiança. I, potser és una part de mi que no coneixeu, però per algú que al llarg dels anys ha hagut de canviar tant d'escola com jo, de vegades no és fàcil fer confiança a la gent. Tot i així, vaig aprendre de debò a confiar en aquestes noies. Vaig veure que amb elles podia ser jo mateixa. I els estaré sempre agraïda.

Em sembla que el que realment em faria il·lusió l'any que ve, i això va per tots els companys de cinquè, és tenir aquesta mateixa confiança amb tots vosaltres. Tinc l'esperança que quan comencem sisè, i siguem més grans i més savis, sabrem confiar els uns en els altres, i que d'aquesta manera cadascú de nosaltres podrà ser ell mateix i acceptar els altres tal com són realment.

Gràcies.

Com em vaig presentar, per fi

Aquell dia que havia vist el Gordy Johnson pujant en un autobús que anava cap a la part alta havia enviat un sms a la Summer i a la Ximena i ens havíem posat totes tres contentíssimes que fos viu i estigués bé de salut. Però en aquell moment estaven passant tantes coses que no havíem tingut ocasió de parlar-ne, pràcticament. Tot i així, estàvem molt emocionades i anàvem sempre amb els ulls ben oberts per si el tornàvem a veure pel barri, però no el vam tornar a veure mai. Se n'havia anat. Un altre cop.

No en vaig saber res més fins a principis de juliol.

De cop i volta el vaig veure assegut davant del tendal de l'A&P Supermarket, tocant amb l'acordió les mateixes cançons de sempre, amb la seva labrador negra estirada al davant.

Me'l vaig mirar una estona. Vaig estudiar aquells ulls tan oberts, pensant en com m'espantaven abans. Vaig observar els seus dits mentre premien les tecles de l'acordió. Trobo que és un instrument ben misteriós. Estava tocant «Those Were the Days». La meva cançó preferida.

Quan va acabar vaig anar cap a ell.

–Hola –vaig dir.

Va somriure amb el cap girat cap a mi.

–Hola.

–M'alegro que hagi tornat –vaig dir.

–Gràcies, senyoreta! –em va dir.

–¿On era?

–Ah! –va dir–. Me'n vaig anar a passar una temporadeta al sud, amb la meva filla. Als meus ossos cada any els costa més aguantar l'hivern de Nova York.

–Doncs aquest ha sigut fred –vaig dir.

–Oi tant!

–¿Oi que es diu Joni, la gossa?

–Sí.

–¿I que vostè es diu Gordy Johnson?

Va decantar una mica el cap.

–Sí que sóc famós, que saps com em dic! –va replicar, rient de tot cor.

–És que meva amiga Summer Dawson el coneix –vaig replicar.

Va aixecar la vista, com si intentés caure en qui era.

–El seu pare era *marine* –vaig aclarir–. Va morir fa pocs anys. El sergent Dawson.

–El sergent Dawson! –va exclamar–. Oi tant, si me'n recordo! Un gran home. Quina pena. Me'n recordo perfectament, de la seva família. Saluda la nena de part meva, ¿d'acord? Era un encant de criatura.

–Esclar –vaig respondre–. De fet l'ha estat buscant. Ens vam quedar totes dues molt preocupades, quan va deixar de venir.

–No cal que patiu per mi, preciosa –em va dir–. Jo ja m'espavilo. No sóc pas un sense sostre. Tinc casa meva a la part alta. El que passa és que no em sé estar sense fer res, tancat a casa amb la Joni. Cada matí agafo el bus exprés just davant de casa i baixo a l'última parada. És un trajecte agradable. Vinc per costum. La gent és agradable, per aquí. Com el sergent Dawson. M'agrada tocar per ells. ¿T'agrada, la meva música?

–Sí! –vaig dir.

–Doncs per això toco, filla! –va dir emocionat–. Per alegrar el dia a la gent.

Vaig fer que sí, tota contenta.

–Molt bé. Gràcies, senyor Johnson.

–Digue'm Gordy.

–Jo em dic Charlotte, per cert.

–Molt de gust, Charlotte –va dir.

Em va oferir la mà i l'hi vaig encaixar.

–Me n'haig d'anar –vaig dir–. M'ha agradat molt parlar amb vostè.

–Adéu, Charlotte.

–Adéu, senyor Johnson.

Em vaig ficar la mà a la butxaca, en vaig treure un bitllet d'un dòlar i el vaig deixar caure a dins de l'estoig de l'acordió.

Fuf.

–Que Déu beneeixi Amèrica –va dir el Gordy Johnson.